FANTASY

Die Welt der DRACHENLANZE bei Goldmann und Blanvalet:

Die Chronik der DRACHENLANZE

1. Drachenzwielicht (24510) • 2. Drachenjäger (24511) • 3. Drachenwinter (24512) • 4. Drachenzauber (24513) • 5. Drachenkrieg (24516) • 6. Drachendämmerung (24517)

Die Legenden der DRACHENLANZE

1. Die Brüder (24527) • 2. Die Stadt der Göttin (24528) • 3. Der Krieg der Brüder (24530) • 4. Die Königin der Finsternis (24531) • 5. Der Hammer der Götter (24533) • 6. Caramons Rückkehr (24534)

Das Heldenlied der DRACHENLANZE

1. Das Ehrenwort (24587) • 2. Verrat unter Rittern (24589) • 3. Das Schwert des Königs (24591) • 4. Heldenblut (24593) • 5. Unter dunklen Sternen (24594) • 6. Die Stunde des Skorpions (24595)

Die Geschichte der DRACHENLANZE

1. Die Zitadelle des Magus (24538) • 2. Der Magische Turm (24539) • 3. Die Jagd des Todes (24540) • 4. Der Zauber des Palin (24541) • 5. Der edle Ritter (24542) • 6. Raistlins Tochter (24543)

Der Bund der DRACHENLANZE

1. Ungleiche Freunde (24602) • 2. Die Erben der Stimme (24603) • 3. Die Stunde der Diebe (24604) • 4. Finstere Pläne (24605) • 5. Das Mädchen mit dem Schwert (24606) • 6. Verspätete Rache (24607) 7. Schattenreiter (24673) • 8. Das Siegel des Verräters (24674) • 9. Stahl und Stein (24675) • 10. Das Schloß im Eis (24676) • 11. Der Zauber des Dunkels (24677) • 12. Die Jäger der Wüste (24678)

Die Zauberprüfung (24907)

Die Krieger der DRACHENLANZE

1. Der Dieb der Zauberkraft (24816) • 2. Die Ritter der Krone (24817) • 3. Verhängnisvolle Fahrt (24845) • 4. Tödliche Beute (24846) • 5. Die Ehre des Minotaurus (24847) • 6. Die Ritter des Schwerts (24887) • 7. Theros Eisenfeld (24888)

DRACHENLANZE – Die Neue Generation (24621)

Die Erben der DRACHENLANZE

1. Drachensommer (24708) • 2. Drachenfeuer (24718) • 3. Drachennest (24782) • 4. Die Grube der Feuerdrachen (24783)

Weitere Bände in Vorbereitung.

DON PERRIN

Die Krieger der Drachenlanze 7

Theros Eisenfeld

Aus dem Amerikanischen
von Imke Brodersen

DRAGONLANCE®

BLANVALET

Das Buch erschien im Original unter dem Titel
»DRAGONLANCE® Saga, The Warriors IV, Theros Ironfeld«
(Chapters 1–17)
bei TSR, Inc., 1801 Lind Ave SW, Renton, WA 98055, USA

Umwelthinweis:
Alle bedruckten Materialien dieses Taschenbuches
sind chlorfrei und umweltschonend.
Das Papier enthält Recycling-Anteile.

Deutsche Erstveröffentlichung 7/99

U. S., CANADA,
ASIA, PACIFIC &
LATIN AMERICA
Wizards of the Coast, Inc.
P.O. Box 707
Renton, WA 98057-0707
+ 1-206-624-0933

EUROPEAN HEADQUARTERS
Wizards of the Coast,
Belgium
P.B. 34
2300 Turnhout
Belgium
+32-14-44-30-44

Visit our website at http://www.tsr.com

Published in the Federal Republic of Germany by
Blanvalet Verlag, München
Blanvalet Taschenbücher erscheinen im Goldmann Verlag,
einem Unternehmen der Verlagsgruppe Bertelsmann GmbH.
Deutschsprachige Rechte beim
Blanvalet Verlag, München,
in der Verlagsgruppe Bertelsmann GmbH
Umschlaggestaltung: Design Team München
Umschlagillustration: TSR
Satz: deutsch-türkischer fotosatz, Berlin
Druck: Elsnerdruck, Berlin
Verlagsnummer: 24888
Redaktion: Cornelia Köhler
V. B. · Herstellung: Peter Papenbrok
Printed in Germany
ISBN 3-442-24888-4

1 3 5 7 9 10 8 6 4 2

Kapitel 1

Das Dorf war nur ein winziger Fleck am Rande einer ursprünglichen Küste, auf der Grenze zwischen Azur und Grün. Notdürftig getakelt glitt eine lädierte Kriegsbarkasse langsam auf die Küste zu. Man sah deutlich, daß das Schiff und seine Mannschaft aus Minotauren und menschlichen Sklaven vor kurzem einen Kampf hinter sich gebracht hatte. Nur ein Segel war gehißt, und die meisten Taue und Leinen waren abgerissen und lagen zusammengeknäuelt unten auf dem Deck. Ein Großmast war gebrochen. Seine Einzelteile lagen noch auf dem Schiff und erschwerten der Besatzung die Arbeit.

»Fünf Grad Backbord!«

Ein Minotaurus brüllte Kurskorrekturen zum Ruder hin. Er stand auf dem Vorkastell, von wo aus er durch ein Fernrohr den winzigen Flecken Zivilisation beäugte. Das Instrument war das Symbol für das Überleben des Schiffes. Es war von Menschenhand aus Messing gefertigt – wahrscheinlich schon zur Zeit der Umwälzung –, knapp zwei Fuß lang und doppelt gewölbt, damit die beiden Linsen Bilder aus Entfernungen von einer Meile oder mehr klar darstellen konnten.

Die Symbole an der Seite waren dem Minotaurus fremd, doch ihm war auch gleichgültig, was sie zu bedeuten hatten. Das Gerät vergrößerte Dinge, die weit weg waren, und warnte, wenn sich Feind oder Opfer näherten. Mehr wollte der Minotaurenkapitän nicht. Auch der Preis hatte gestimmt. Es war vor Jahren bei einem Überfall Teil der Beute gewesen. Alles auf dem Schiff war entweder bei Überfällen geraubt worden, oder man stellte es bei Bedarf auf See her.

Die Minotauren waren die Herren des Schiffes. Sie stellten die Matrosen und die Krieger, das Herz, die Muskeln und das Hirn. Sie schrubbten nicht die Decks und leerten auch nicht die Unrateimer. Die Drecksarbeit wurde von der Schar Sklaven verrichtet – Menschen, die ebenfalls zur Beute zählten. Manche Sklaven entwischten, manche starben im Kampf oder während einer Disziplinierung, aber darüber machten sich die Minotauren keine Gedanken. Neue Menschen würde es immer geben. Sie vermehrten sich wie die Fliegen.

Das Schiff erzitterte während der Kurskorrektur. Auf Deck bereiteten sich dreißig Minotaurenkrieger auf den Kampf vor. Manche legten Lederrüstungen an, während andere Riemen umschnallten, an denen Enterhaken mit Seilen hingen oder Gehänge mit Waffen aller Art, von solamnischen Langschwertern über die Flegel der Sucher bis hin zu elfischen Hirschfängern. Wieder andere schärften die Klingen ihrer Äxte oder die Spitzen ihrer Morgensterne. Der Ort vor ihnen war den Minotauren auf der Kriegsbarkasse unbekannt, aber er lag an der Nordküste von Nordmaar, so daß es sich höchstwahrscheinlich um eine Menschensiedlung handelte.

Langsam näherte sich das Schiff dem Land. Am Strand hatten einige Menschen das merkwürdige Schiff bemerkt, zeigten darauf und riefen etwas. Es war nicht ungewöhnlich für ein Schiff, an einem solchen Tag auf See zu sein, aber vor der Mittagssonne zu landen war auffällig, und das Schiff war von unbekannter Bauart. Es war ein Langboot mit einem Vorkastell und einem Achterkastell, die sich auf beiden Enden des flachen Decks erhoben. Die Segel waren an zwei großen Masten befestigt, die gleich weit von der Schiffsmitte entfernt standen. Ein dritter Mast ragte am Bug in gewagtem Winkel nach vorn. Hier war das Steuerrad angebracht, das mit dem riesigen Ruder am Heck des Schiffes in Verbindung stand.

Die Schiffe von Nordmaar sahen ganz anders aus. Sie waren kürzer und tiefer, denn als Fischerboote waren sie in erster Linie dazu gedacht, riesige Netze zu schleppen und den Fisch zu befördern, sobald der Fang an Bord gehievt war. Sie ähnelten noch nicht einmal annähernd dem riesigen, flachen Schiff, das sich heute der Küste näherte.

Auf dem Anleger hatte sich eine kleine Menschentraube versammelt, die größtenteils aus Frauen bestand. Die Männer waren draußen zum Fischen, wie der Minotaurenkapitän sehr wohl wußte, denn er hatte dafür gesorgt, daß die kleine Fischerflotte, an der sie unterwegs vorbeigekommen waren, sie nicht bemerkte. Das Minotaurenschiff hatte sich der Hafenzufahrt bis auf hundert Schritt genähert, ehe jemand auf die Idee kam, die Wache zu rufen. Der Wächter erkannte, daß es sich um ein verwüstetes Kriegsschiff handelte und daß die gehörnten Wesen am Bug den Ort gewiß nicht ansteuerten, weil er so malerisch war.

Viel zu spät wurde Alarm geschlagen. Im Turm der Versammlungshalle begann eine Glocke zu läuten. Mit behäbiger Langsamkeit rammte das Schiff den ersten Steg. Alle dreißig Minotaurenkrieger stürmten zum Bug und sprangen auf den Kai.

Ein alter Mann stand in einem Ausrüstungsladen dicht am Pier. Er hielt einen Kurzbogen, und neben ihm lag ein Köcher voller guter Pfeile – die bis eben noch zum Verkauf ausgelegen hatten. Nach sorgfältigem Zielen gab er einen Schuß ab, und traf den vordersten Minotaurus genau zwischen den Augen.

»Nimm das, du verdammte Kuh«, schrie der alte Mann.

Er zog einen weiteren Pfeil und schoß. Ein heranstürmender Minotaurus fiel keine zwanzig Fuß vor dem Fenster des Geschäfts.

»Ich hoffe, dein verdammter Kuhgott wartet schon auf dich«, fluchte der alte Mann.

Die Minotauren, die wenig oder gar keinen Widerstand erwartet hatten, stürmten den Laden. Der erste erreichte das Fenster in dem Moment, als der Schütze sich aufrichten wollte, nachdem er einen weiteren Pfeil zur Hand genommen hatte. Die Streitaxt des Minotaurus fuhr herunter, traf den alten

Mann in den Rücken und zerschmetterte ihm das Rückgrat. Blut spritzte über den Minotaurus, der sich zurücklehnte und vor Mordlust aufheulte.

»Und du nimm das, du gottloses Aas«, grunzte der Minotaurus in seiner eigenen Sprache.

Näher am Zentrum des Dorfes hielt der Wächter, der Alarm geschlagen hatte, mit einem Kameraden zusammen die Stellung. Schnell wurden sie von einer Gruppe Minotauren eingekreist. Die Minotauren bedrängten sie nicht, obwohl sie ihnen zahlenmäßig weit überlegen waren. Der erste Wächter stieß mit seinem Kurzschwert nach ihrem Anführer. Der Minotaurus sprang zurück und parierte ungeschickt. Mehrere Minotauren gaben den Wächtern durch Gesten zu verstehen, daß sie die Waffen fallen lassen sollten.

»Sie wollen, daß wir uns ergeben«, sagte der eine, den der Gestank der behaarten Körper zum Würgen brachte.

»Sie wollen Sklaven«, antwortete sein Kamerad, der immer noch mit seinem Schwert um sich stieß.

»Wir sind schlauer als diese Mißgeburten. Wir werden fliehen«, entgegnete der erste. »Besser als sterben.«

»Vielleicht. Vielleicht auch nicht«, meinte der andere.

Die Wächter sahen sich rasch – und vergeblich – nach Verstärkung um. Als sie niemanden sahen, ließen sie ihre Schwerter sinken. Der rangälteste Minotaurenkrieger trat vor und nahm ihnen die Waffen ab. Die beiden Männer bekamen Handschellen und wurden zum Schiff geschleppt.

Zur Mittagszeit hatte sich die Stadt ergeben. Alle Bewohner, die nicht entkommen waren (und das waren nur sehr wenige), hatte man am Pier zusammengetrieben. Die wenigen Männer – hauptsächlich Kaufleute und halbwüchsige Burschen – wurden von den Frauen getrennt, die man zurücklassen wollte. Minotauren fanden keinen Gefallen an Menschenfrauen. Ohne Hörner, Schnauzen und Haare waren diese Menschenfrauen unglaublich häßlich. Die Frauen bekamen die kleineren Kinder in ihre Obhut zurück – mit einer Ausnahme.

Ein Kind – ein Junge von höchstens zehn Jahren – starrte den Minotaurus, der ihn zu den Frauen schieben wollte, empört an. Der Junge marschierte zu den Männern hinüber und stellte sich zu ihnen. Zwei der Minotauren, die die Frauen bewachten, begannen angesichts der Kühnheit des Jungen zu lachen.

In gebrochener Umgangssprache brüllte der Kommandant des Minotaurenschiffs den Jungen an: »Du! Zurück zu Mama!«

Der Junge schüttelte den Kopf und rührte sich nicht.

»Du! Ja, du!« Der Minotaurus stieß dem Jungen den Stiel seiner Axt in den Rücken. »Geh zurück! Ich brauche keine Welpen. Hier nicht viele Sklaven, Männer draußen fischen. Hier nur zehn Männer nehmen. Du keiner.«

Der Junge wich nicht zurück. Er senkte die Augen, blickte auf das ausgeblichene Holz des Stegs und sagte mit leiser Stimme: »Ich will mit euch fahren.«

Dann hob er den Blick und sah dem Minotaurenkapitän ins Gesicht. »Als ich klein war, ist meine Mutter in den Himmel gekommen, und mein Vater haßt mich, weil ich ihren Tod verursacht habe. Ich will gehen und ein Sklave sein und auf eurem mächtigen Schiff für euch arbeiten.«

Eine der Frauen schrie auf und wollte herüberlaufen, um den Jungen an sich zu reißen. Die Minotaurenkrieger hielten sie fest und stießen sie zurück.

»Nimm den Kleinen, Kapitän«, schrie einer der Minotauren in ihrer eigenen Sprache. »Er hat mehr Mumm als die meisten dieser armseligen Kerle!«

»Ich war genauso, als ich in seinem Alter war«, meinte der Kapitän zu seinem Leutnant. »Na schön, Kleiner! Ich nehme dich mit. Du kannst meine Klingen schärfen und meine Riemen und Stiefel putzen. Du bist jetzt mein persönlicher Sklave.«

Acht Männer und der Junge, dessen Name Theros war, wurden an Bord des Schiffes geführt und nach unten gebracht, wo sie sich den beiden Wächtern anschlossen, die schon unten waren. Die Minotaurenkrieger plünderten unter der Leitung des

Kapitäns und der Maats den Ort. Sie raubten Seile, Holz und Segeltuch für Reparaturen, dazu Trinkwasser und Vorräte. Sie nahmen alles mit, was ihnen nützlich erschien, und schleppten es an Bord. Um Bezahlung scherten sie sich nicht.

Innerhalb von zwei Stunden war das Schiff beladen und wieder auf dem Weg. Die Schäden waren noch nicht repariert, aber nun hatten die Minotauren neue, kräftige Sklaven und Vorräte. Die Männer der Stadt würden erst bei Sonnenuntergang vom Fischen zurückkommen. Bis dahin würde das Minotaurenschiff leicht sechs Stunden Vorsprung haben – wenn es überhaupt eine Verfolgung geben würde. Fischer konnten es auch mit einem beschädigten minotaurischen Kriegsschiff voller Kämpfer nicht aufnehmen. Die klügeren, kühleren Köpfe im Ort würden gegen eine Verfolgung stimmen.

Ein Dorf darf an einem Tag nur eine begrenzte Anzahl Männer verlieren.

Kapitel 2

Das Schiff hielt geradewegs auf die offene See zu. Sobald es von der Küste aus nicht mehr zu sehen war, ging die Mannschaft an die Arbeit. Minotaurenkrieger und Menschensklaven arbeiteten Seite an Seite, um das beschädigte Schiff zu reparieren. Die Segel des hinteren Masts waren gehißt, damit das Schiff ein wenig vorankam, aber sie flatterten nur schlaff im leichten Wind. Niemand achtete darauf, alles konzentrierte sich vielmehr auf den beschädigten Mast. Die Seefahrer kümmerten sich nicht weiter um das Steuer, sondern vertäuten nur das Ruder so, daß sie nach Norden trieben.

Die neuen »Rekruten« wurden auf dem Vorkastell gefangengehalten. Jeder Mann wurde einem zweiten, erfahreneren Sklaven zugeteilt, der den Neuen anlernte. Auf diese Weise würden sich die neuen Sklaven rasch in die Mannschaft einfügen.

Niemand beachtete Theros, der nicht stark genug war, um sich wirklich nützlich machen zu können. Da man ihm befohlen hatte, aus dem Weg zu bleiben, weil man ihn sonst über Bord werfen würde, saß er auf einem Haufen ineinander verknäuelter Taue und sah zu.

Zwei der Menschensklaven auf dem Schiff hatten einen gewissen Status inne. Sie waren, wie Theros auffiel, die einzigen Sklaven mit Bärten. Diese beiden beherrschten die Sprache der Minotauren und leiteten die Reparaturarbeiten. Die Minotauren schienen sie mit einem gewissen Respekt zu behandeln, jedenfalls mehr, als sie für die anderen übrig hatten.

Der eine war ein großer Mann mit mattschwarzer Haut und grauem Kinn- und Schnurrbart. Er war stark und muskulös und hätte gut aus Theros' eigenem Ort stammen können, denn er kam dem Jungen irgendwie bekannt vor. Es hatte auch früher Minotaurenüberfälle gegeben, aber Theros war zu jung, um sich daran erinnern zu können. Er kannte nur die Geschichten. Jetzt würde an der Küste von Nordmaar eine neue Geschichte erzählt werden.

Der andere Mensch war ein weißer Mann, dessen Haut von der Sonne so gebräunt war wie Maultierleder. Sein Bart war buschig und voll und von rotblonder Färbung. Seine Augen waren blau, so blau, daß man ihre Farbe noch vom anderen Ende des Schiffes aus sehen konnte.

Unter der Leitung des ersten Mannes hatten die Minotauren und die Sklaven den umgekippten, vorderen Großmast auf dem Hauptdeck des Schiffes angehoben und mit Hilfe von Flaschenzügen und Seilen wieder senkrecht aufgestellt. Vier kräftige Minotaurenkrieger hievten das abgebrochene Ende des Masts auf dessen Überrest, der sich noch an seinem ursprünglichen Platz befand, und rammten beide aufeinander. Zwischen den vier Minotaurenkriegern begannen vier Menschen – unter Anleitung des Bärtigen mit der schwarzen Haut –, Stützen anzunageln, um die zwei Teile miteinander zu verbinden. Anschließend beschmierten sie die Bruchstelle mit streng riechendem Teer und umwickelten den Mast dann mit Tauen.

Das Tauwerk wurde von den Minotauren so fest wie möglich angezogen und wieder und wieder herumgeschlungen, bis es den Mast mannshoch umgab. Als nächstes befestigten die Minotauren einen tiefliegenden Querbalken an dem Mast, den sie mit den Seiten des Schiffes verbanden. Dadurch wurde die Stabilität sofort erhöht.

Während all dieses Wirbels rückten die beiden ehemaligen Wachen langsam auf die Seite des Schiffes herüber, wo Theros saß, und begannen, miteinander zu flüstern.

»Spring doch«, sagte der eine.

Der rotbärtige Mann baute sich vor ihnen auf.

»Zurück an die Arbeit, ihr Tölpel!« schrie er grob.

»Hör mal, du bist doch ein Sklave wie wir. Komm, wir springen. Wir sind noch nah genug, um ans Ufer schwimmen zu können.«

»Ich sagte ›Zurück an die Arbeit!‹« zischte der Rotbärtige, der dem Befehl mit seiner Faust Nachdruck verlieh, die den Wächter ans Kinn traf und nach hinten schleuderte.

Blutig geschlagen rappelte der Mann sich auf und ging wieder an die Arbeit.

Auf dem ganzen Schiff machten die Reparaturen Fortschritte. Minotauren und Menschen arbeiteten nebeneinander, mit Ausnahme des Kapitäns und seiner Offiziere. Die meiste Zeit blieben die Offiziere in den Kabinen unter dem Vorkastell, aber gelegentlich kamen sie heraus, um etwas mit einem der beiden menschlichen Vorarbeiter zu besprechen. Das Schiff segelte weiter nach Norden, auf die See hinaus.

Als die Sonne sich dem Horizont näherte, stieg der schwarzhäutige Vorarbeiter auf das Vorkastell. Nachdem er die Tasse von der Seite des Wasserfasses genommen hatte, nahm er einen langen Schluck. Er hängte die Tasse wieder an ihren Haken und setzte sich, um zufrieden seine Arbeit zu begutachten. Theros stand auf, denn er langweilte sich.

»Und was soll ich machen?« fragte er aufgeregt.

Der Mann sah zu dem Jungen hoch, schüttelte den Kopf und gab ihm durch einen Wink zu verstehen, er solle sich wieder hinsetzen. Der enttäuschte Theros tat, als hätte er nicht verstanden.

»Ich bin stärker, als ich aussehe. Was kann ich –«

Der Mann runzelte die Stirn und schnitt Theros mit einem scharfen Zischen und einer knappen Handbewegung das Wort ab. Er zeigte nachdrücklich auf die Seile, auf denen Theros gesessen hatte. Theros war es nicht gewöhnt, seinem Vater zu gehorchen, dem er ohnehin gleichgültig gewesen war. Deshalb wollte er erneut protestieren, doch nach einem Blick des Mannes schluckte der Junge seine Worte herunter und kehrte auf seinen Platz zurück.

Als die Sonne im Wasser versank, gingen die Minotaurenkrieger nach unten. Durch die offene Luke konnte Theros gekochten Fisch und Fleisch riechen. Er hatte seit dem Morgen nichts mehr gegessen.

»Ich habe Hunger«, verkündete Theros. »Wann essen wir?«

Der Vorarbeiter antwortete nicht. Er saß da und starrte auf seine Hände. Er hätte auch dösen können, doch seine Augen waren offen. Das Geräusch von Stiefeln, die hinter ihm anmarschierten, ließ Theros herumfahren. Ein Minotaurenkrieger kam auf ihn zu, packte ihn an der Schulter und riß ihn auf die Füße. Der Krieger, der nicht an leichtgewichtige Menschenkinder gewöhnt war, warf den Jungen beinahe über das Deck. Nachdem er sich gefaßt hatte, hielt er Theros gut fest, hob ihn hoch und ließ ihn vier Fuß hoch in der Luft baumeln.

»Kein Reden! Nächstes Mal ich peitsche dich. Kein Reden!«

Der Minotaurus ließ ihn los. Theros landete wie ein Häufchen Unglück auf dem Deck. In ihm stiegen Tränen auf, aber er schluckte sie herunter. Die harten Worte seines Vaters hatten ihn gelehrt, keine Tränen zu zeigen. Als er das Dorf verlassen hatte, hatte er geschworen, daß er niemandem erlauben würde, ihn kleinzukriegen, weder körperlich noch psychisch.

Die Worte seiner Mutter erklangen wieder und wieder in seinem Gedächtnis. Die einzige Erinnerung an seine Mutter betraf den Zeitpunkt kurz vor ihrem Tod, als sie ihn an ihr Bett gerufen hatte. Sie hatte ihm eine Hand auf den Kopf gelegt.

»Die alten Götter haben uns verlassen. Ich mag diese neuen Götter nicht, sie scheinen nichts mit uns zu tun zu haben. Bis du einen Gott findest, der auf dich achtgibt, Theros, gebe ich dir meinen Segen. Sei tapfer und verschwende nicht die Gaben, die dir geschenkt wurden.«

Theros wußte nicht, was für Gaben das waren, aber er wußte, daß er welche besaß, und das machte ihn genauso gut wie jeden anderen Menschen – oder Minotaurus.

Er hielt die Tränen zurück und rührte sich erst wieder, nachdem der Minotaurus längst nach unten gegangen war.

Als es Nacht wurde, kamen die Minotauren allmählich vom Unterdeck herauf. Sie lachten und unterhielten sich miteinander. Sobald der letzte der Minotauren an Deck gekommen war, begannen die Wachen, die Sklaven nach unten zu treiben. Zuletzt stand der schwarzhäutige Vorarbeiter auf. Er kam zu Theros herüber, tippte ihm an die Schulter und wies ihn an, ihm zu folgen.

Sie stiegen die Leiter vom Vorkastell hinunter, dann die Leiter unter der Luke zur darunterliegenden Kombüse. Theros ging voran, hatte aber Schwierigkeiten mit den Leitersprossen. Der Vorarbeiter folgte ihm und schloß die Luke, nachdem er sich vergewissert hatte, daß keine Menschen mehr an Deck waren.

Sie betraten eine heiße, vor Menschen wimmelnde Kabine. Unter ihnen war auch der Rotbärtige, der Haltung annahm, als der andere Vorarbeiter auftauchte. Ein langer Holztisch war mit Platten mit Fisch, Fleisch und Brot gedeckt.

Theros hatte in seinem ganzen Leben noch kein so gutes Essen gerochen. Er war auch noch nie so hungrig gewesen. Theros' Vater, ein Fischer, hatte den Jungen vielleicht angeschrien und vernachlässigt, aber immerhin hatte stets etwas zu essen auf dem Tisch gestanden. In dem kurzen Leben des Jungen hatte man ihm noch nie eine Mahlzeit verwehrt. Sein Magen knurrte, und in seinem Mund sammelte sich der Speichel.

Der Vorarbeiter nickte dem rotbärtigen Mann zu. Sofort begannen alle zu sprechen, wenn auch in gedämpftem Ton.

Der Vorarbeiter legte Theros die Hand auf die Schulter und drehte den Jungen zu sich um.

»Also, Junge, wie heißt du?« fragte der Mann.

»Ich bin Theros.« Mit Stolz fügte er hinzu: »Ich bin ein neues Mannschaftsmitglied.«

Der Vorarbeiter grinste. Seine Hand auf der Schulter des Jungen verstärkte ihren Griff, bis es weh tat.

»Eins sollte dir von Anfang an klar sein, Theros. Du bist *kein* Mitglied der Mannschaft. Du bist Sklave an Bord dieses Schiffes. Mein Name ist Heretos Guntoos. Ich bin der Reparaturmeister hier, aber im Gegensatz zu dir bin ich kein Sklave. Ich bin gleichberechtigtes Mitglied der Mannschaft des Kapitäns. Für meine Arbeit werde ich bezahlt, und zwar gut. Du aber *bist* ein Sklave, so wie alle anderen Menschen an Bord mit Ausnahme von Timpan dem Roten da drüben. Jetzt mußt du lernen, und zwar schnell. Hör mir genau zu.«

Theros' Blick wanderte zum Essen. Heretos verpaßte ihm eine Ohrfeige, um seine Aufmerksamkeit zurückzugewinnen. »Ich sagte, hör zu!«

Theros zuckte zusammen und sah den Mann wieder an.

»Gut. Also: Sprich niemals in Gegenwart eines Minotaurus, wenn er nicht zuvor dich angesprochen hat. Hier unten dürfen wir reden, aber nur deshalb, weil jetzt keine Minotauren anwesend sind. Wenn einer käme, müßte jedes Gespräch abbrechen. Der Segelmeister, Timpan, da drüben«, er zeigte auf den rotbärtigen Mann, »und ich dürfen sprechen, um die Arbeit an Deck zu leiten, soweit dies nötig ist. Du hast kein solches Vorrecht. Dir dürfte aufgefallen sein, Junge, daß ich auf dem Vorkastell nicht mit dir gesprochen habe. Du wärst für eine solche Übertretung ausgepeitscht worden. Verstanden?«

»Ja … Herr«, sagte Theros.

Heretos nickte. »Anscheinend lernst du schnell. Was ich dir jetzt sage, ist zu deinem eigenen Besten. Ich habe noch nie einen so jungen Sklaven gesehen wie dich. Normalerweise nehmen wir nur gesunde, kräftige Männer. Also, weshalb hat man dich an Bord gebracht? Was sollst du hier tun?«

Theros entdeckte echtes Interesse in den Augen des Mannes, mehr als sein eigener Vater je für den Jungen gezeigt hatte.

»Ich kenne meine Aufgabe noch nicht, Herr, deshalb kann ich dir nicht sagen, was ich machen soll.«

Heretos lächelte.

»Man wird dir schon etwas zu tun geben, da bin ich sicher. Aber erst mal wollen wir dir jetzt etwas zu essen und zu trinken besorgen.«

Der Vorarbeiter führte den Jungen zu dem kleinen, wabbeligen Menschen, der das Essen ausgab. Der Mann stank nach Fisch. Mit leiser Stimme sagte Heretos: »Das ist Theros. Er gehört zu den Neuen. Ich nehme an, er soll dir hier unten von Zeit zu Zeit helfen. Kümmere dich um ihn, wenn du kannst, ja?«

Dann drehte er sich zu Theros um. »Das ist Aldvin. Er ist der Koch. Er kocht eine Mahlzeit für die Minotauren und dann eine für uns. Timpan und ich essen normalerweise mit den Minotauren, aber während der nächsten Woche essen wir bei euch Sklaven, um euch anständiges Benehmen beizubringen. Sklaven bekommen normalerweise nur die Reste, aber wenn Aldvin kocht, sind auch die gut. Wir essen bei Sonnenaufgang und gleich nach Sonnenuntergang. Wasser kannst du dir tagsüber jederzeit auf dem Vorkastell holen, sofern deine Pflichten es erlauben.«

Theros nickte, aber er interessierte sich viel mehr für den Teller dampfender Fischsuppe, die er jetzt in den Händen hielt, und den kleinen Kanten Schwarzbrot, den der Koch obenauf gelegt hatte.

»Geh schon, Junge. Geh und iß.«

Theros fand eine Bank und schlang sofort sein Essen herunter. Als er fertig war, trug er seinen Teller zum Koch zurück.

»Das war wirklich gut. Ich nehme noch mehr.«

Zu seiner Überraschung und Beschämung hörte er, wie alles in der Kombüse zu lachen begann, einschließlich des Kochs.

»Tut mir leid, Junge. Du kriegst, was man dir zuteilt, und nicht mehr. Der Rest ist fürs Frühstück, und die größte Portion davon bekommen die, welche die schwere Arbeit verrichten. Wenn du mehr brauchst, bekommst du es von mir, aber jetzt brauchst du nichts.«

Theros wollte widersprechen, aber das Gelächter brach schlagartig ab, und es herrschte Schweigen. Zwei Minotauren waren in die Kombüse heruntergestiegen.

»Ich bin Kavas, der Kapitän dieses Kriegsschiffes«, sagte einer der Minotauren in ganz passabler Umgangssprache. »Das Schiff heißt *Blatvos Kemas,* und es hat mir und meiner Mannschaft großen Ruhm eingebracht. Das hier ist mein Stellvertreter, Rez.«

Kavas war größer als die anderen Minotauren, und Theros fragte sich, ob das wohl der Grund dafür war, weshalb er Kapitän war.

Kavas fuhr fort: »Reparaturmeister, du nimmst sechs von den neuen Sklaven für deine Aufgaben. Segelmeister, du nimmst den Rest. Sobald die Hauptreparaturen erledigt sind, gehen vier von der Reparaturrolle zur Segelrolle. Ich will, daß dieses Schiff in zwei Tagen wieder kampfbereit ist. Ab der Mittagssonne ist das Achterkastell des Schiffes jeden Tag für zwei Stunden zu räumen, damit die Krieger trainieren können. Das ist alles.«

Die Minotauren drehten sich um und wollten die Leiter wieder hochsteigen. Theros begann, mit seinem rechten Arm wild in der Luft herumzuwirbeln.

Der Kapitän drehte sich zu Heretos um. »Was hat dieses Armschlenkern zu bedeuten?«

Heretos senkte leicht den Kopf. »Das ist eine Sitte, die man kleine Menschenkinder lehrt. Er versucht, Euch auf sich aufmerksam zu machen, damit er eine Frage stellen kann, Herr. Er weiß, daß er nicht ohne Erlaubnis sprechen darf.«

Der Kapitän wandte sich Theros zu. »Du hast die Erlaubnis zu sprechen, Junge.«

»Was soll *ich* machen, Kapitän?« wollte Theros wissen. »Was bekomme *ich* zu tun?«

Kapitän Kavas zögerte einen Augenblick, als würde er sich das auch fragen. Dann sagte er: »Ich habe entschieden, daß ich keinen persönlichen Sklaven brauche. Statt dessen wirst du meinen Kriegern dienen. Wenn sie etwas brauchen, bringst du es ihnen. Reparaturmeister, bring den Kleinen bei Sonnenaufgang zu meinem Kommandanten der Kampftruppen.«

Eine Antwort wartete der Kapitän nicht ab. Er kletterte aus der Kombüse, und sein Stellvertreter folgte ihm.

Sobald die beiden Minotauren gegangen waren, fingen die Sklaven an zu reden und zu essen.

Theros, der immer noch hungrig war, sah ihnen zu.

Kapitel 3

Es war noch dunkel, als Theros unsanft geweckt wurde. Jemand schlug ihm einen Stock über den Bauch. Überrascht und empört fuhr Theros kerzengerade hoch.

»Aufstehen! An die Arbeit!« befahl Heretos dem Jungen. »Du hilfst heute morgen Aldvin unten in der Kombüse, und später wirst du damit anfangen, die Krieger zu unterstützen. Kapiert?«

Theros nickte. Benommen sprang er aus seiner Koje und spazierte zum Wasserfaß. Er wollte seine Hände hineintauchen, um sich das Gesicht zu waschen. Heretos hielt ihn fest und drehte ihn zu einem anderen Faß um, das brackiges Wasser enthielt, das nach Fisch stank.

»Du wäschst dich mit Meerwasser, mein Junge. Verschwende niemals Trinkwasser für etwas anderes, als den Durst zu löschen. Erste Regel auf See, und die verzeiht keine Fehler.«

Er händigte Theros eine kleine Metallschüssel und ein Tuch aus. Theros goß Salzwasser in die Schüssel. Er rieb seinen Körper mit dem nassen Lappen ab und fuhr sich damit sogar über die Zähne, um den Belag abzureiben. Zum Schluß spülte er sich mit etwas Wasser den Mund aus und spuckte es wieder aus. Er hatte schon früh im Leben gelernt, daß das Trinken von Meerwasser nur dazu taugte, sein Frühstück loszuwerden. Davon wurde einem so schlecht wie einem halbertrunkenen Hund. Er nahm die Schüssel, hob die Abdeckung einer Pfortluke hoch und kippte das Wasser nach draußen, wie er es von den anderen abgeguckt hatte.

Der Geschmack des Meerwassers war abscheulich. Theros holte sich einen großen Schluck Frischwasser aus dem Trinkfaß. Nun war er bereit für den Tag. Als er sich nach Heretos umsah, weckte dieser gerade mit einigen Ohrfeigen einen der Wächter, der offenbar nicht daran gewöhnt war, so früh aufzustehen.

Theros stieg die Leiter hinauf und ging an Deck. Der Himmel begann eben, sich zu färben, als die Sonne die Welt mit den ersten Lichtschleiern neckte. Die See war an diesem Morgen wieder ruhig. Theros eilte über das Deck und versuchte dabei, sich an den Weg zur Kombüse zu erinnern. Er wurde fast von dem zweiten Wächter umgeworfen, der gerade an Deck geklettert war.

»Geh mir aus dem Weg, Junge«, fauchte der Wächter.

Ein Minotaurus fuhr herum. »Du hast geredet, Menschenhund.«

Er stieß dem Mann die stumpfe Seite seiner Axt in den Magen. Der Sklave fluchte laut und spuckte auf das Deck.

Der Minotaurus schlug den Mann mit dem Stiel seiner Axt quer über das Deck. Der Wächter landete wie ein Haufen Tang auf den Brettern und blieb reglos liegen. Der Minotaurus ging davon.

Ein Tippen auf seinen Rücken erinnerte Theros daran, daß er Arbeit hatte. Heretos, der hinter ihm stand, schob Theros über das Deck. Theros starrte den Körper des Sklaven an, als er über die Einstiegsleiter in die Kombüse kletterte. Er wurde das Bild nicht mehr los, wie brutal der Krieger seine Axt geschwungen hatte, bis sie den Kiefer das Mannes traf und ihn niederstreckte.

Aldvin war in der Kombüse bereits an der Arbeit. Er hatte Feuer gemacht und begonnen, Wasser zu erhitzen. Er winkte Theros zu sich.

»Hier, nimm diese Schüssel und tu den Fisch von gestern abend hinein. Da drüben in dem Faß. Ja, genau das.« Der Junge sah zu einem Faß, das an einen Stützbalken gebunden war. »Was ist denn, Junge?«

Theros machte den Mund auf und dann wieder zu.

Aldvin lachte. »Ist schon gut, Junge. Hier unten können wir reden, solange keiner von den Minotauren herunterkommt, und die kommen nicht, bevor die Sonne ganz aufgegangen ist. Also, auf, auf, Junge. Oh, und wenn du Gräten im Fisch entdeckst, schmeißt du sie hier in den Eimer. Kapiert?«

Der Junge nickte und begann mit seiner Arbeit. Aldvin war mit dem Fisch beschäftigt, fügte neue Gewürze hinzu und erhitzte das Gericht über dem Kombüsenfeuer. Theros reinigte alle Teller und stellte große Krüge mit Trinkwasser auf. Gerade als er den letzten Krug abgestellt hatte, sprang ein Minotaurus, ohne die Leiter zu benutzen, auf ihr Deck herunter. Sein geräuschvoller Sprung erschreckte den Jungen. Er verspritzte Wasser über den ganzen Tisch.

»Du da! Kleiner! Bring mir mein Frühstück!«

Theros rannte zu Aldvin hinüber, der ihm einen dampfenden Teller mit Essen reichte. Theros trug den Teller zu dem Minotaurus.

Er setzte das Essen vor dem Krieger ab. Der Minotaurus ergriff Theros am Hemdkragen. »Du hast gesehen, wie ich mit dem ungehorsamen Sklaven umgesprungen bin, nicht wahr? Ich warne dich. Verärgere nie einen Minotaurenkrieger auf diesem Schiff. Was du gesehen hast, werde ich auch mit dir machen, wenn du mir nicht gehorchst. Lauf! Hol mir Wasser!«

Der Junge taumelte zurück. Auf Aldvins Wink hin raste Theros zu dem Schrank auf der Seeseite, wo die Humpen aufbewahrt wurden. Er schnappte sich einen, füllte ihn aus dem frischen Faß und brachte ihn dem Krieger. Inzwischen waren einige weitere Minotaurenkrieger über die Leiter in die Kombüse gestiegen. Sie lachten, als sie Theros rennen, Dinge holen und bedienen sahen und gaben in ihrer eigenen Sprache Kommentare darüber ab. Nichts davon hörte sich wie ein besonderes Kompliment an. Theros brannten die Ohren.

Die Hitze, das Gebrüll und das Durcheinander verwirrten ihn. Die Krieger schrien ihn an, ihnen rascher das Essen zu bringen, ihnen Wasser zu holen, Verschüttetes aufzuwischen, schneller zu laufen, immer schneller! Aldvin sah zu und genoß das Schauspiel. Die Minotauren hatten ihren Spaß, indem sie den verängstigten Jungen hin- und herjagten, um dieses oder jenes zu holen, das sie ihm anschließend ins Gesicht warfen, um ihn gleich nach etwas anderem zu schicken.

»Schluß!«

Die Stimme war gewaltig und gebieterisch. Alle Köpfe fuhren herum. Der Kapitän stand am Fuß der Leiter. Er funkelte seine Krieger an. Er redete in der Sprache der Minotauren, die Theros zu dieser Zeit noch nicht verstand. Aldvin übersetzte ihm die Worte später.

»Das nennt ihr Ehre? Das nennt ihr den Kodex des Kriegers? Ihr habt euren Spaß damit, einen Welpen anzuschreien, und vergeßt dabei, daß dieser Welpe freiwillig mit uns gegangen ist. Mit dieser einen Handlung hat er mehr Mut bewiesen als all ihr mächtigen Krieger heute morgen. Eßt und geht wieder an eure Arbeit. Ich will nichts mehr hören.«

Der Kapitän, der jetzt von seinem Ersten und Zweiten Offizier flankiert wurde, marschierte zu Aldvin und verlangte etwas zu essen. Der Koch gab jedem eine gehäufte Portion Fisch und einen vollen Humpen Wasser. Sie gingen zu einem Tisch, wo sie mit dem Rücken zu den anderen Kriegern saßen. Theros würdigten sie mit keinem Blick.

Die Krieger wurden still und aßen schnell. Als sie fertig waren, stiegen sie an Deck. Bald waren alle Krieger gegangen, so daß nur noch die drei Offiziere an ihrem Tisch saßen.

Aldvin gab Theros mit einem Wink zu verstehen, daß er die Teller und Humpen einsammeln und im Spülbecken abwaschen sollte. Theros tat dies, behielt jedoch die drei Minotauren im Auge, die mit dem Rücken zu ihm saßen. Sie sprachen in gedämpftem Ton miteinander.

Theros trug alle Teller zum Becken, kippte die Essensreste in einen Eimer und begann, die Teller abzuschrubben. Verzweifelt versuchte er, seinen eigenen Hunger zu ignorieren. Er drehte sich erst um, als er Stimmen hörte. Menschenstimmen.

Die drei Offiziere hatten ihr Mahl beendet und waren gegangen. Jetzt kletterten die Sklaven in die Kombüse herunter. Theros wollte die drei Humpen und Teller holen, die noch vom Essen der Offiziere auf dem Tisch stehen mußten. Er hielt schon auf den Tisch zu, als er eine Hand auf der Schulter fühlte. Theros blieb stehen und sah auf. Aldvin lächelte und zeigte auf die drei Teller neben dem Becken.

»Ich habe mich schon darum gekümmert, Junge. Sie haben dir ziemlich übel mitgespielt, was? Aber ich will dir ein Geheimnis verraten.«

Theros sah ihn erwartungsvoll an.

»Zeig ihnen nicht, daß du Angst hast. Tu, was sie sagen, aber halte das Kinn hoch und den Kopf erhoben. Dann werden sie dich respektieren.«

Aldvin warf einen Blick über die Männer, die sich bereits setzten. »Also, Junge, jetzt lauf und bring jedem sein Essen. Ich teile aus, du bringst es hin.«

Der Rest der morgendlichen Arbeit in der Kombüse verlief ereignislos. Nachdem alle fort waren, aßen Theros und Aldvin, was übrig war, und räumten dann auf. Als sie fertig waren, schickte Aldvin Theros die Leiter hoch.

»Geh hoch und such die Krieger. Den Rest des Tages arbeitest du für sie. Ich bleibe hier unten und nehme die frischen Fische für das Abendessen aus. Nach dem Essen hilfst du mir wieder beim Abwaschen. Und jetzt paß auf dich auf.«

Obwohl Theros schon jetzt so müde war, daß er kaum noch laufen konnte, kletterte er über die Leiter wieder an Deck. Vor der bereits am klaren blauen Himmel stehenden Sonne mußte er die Augen abschirmen. Er brauchte ein paar Sekunden, doch dann paßten sich seine Augen dem hellen Licht an. Als er sich umsah, erkannte er, daß das hintere, höhergelegene Deck zum Übungshof geworden war. Die Krieger schwangen ihre Waffen, schlugen und stachen damit zu. In anderen Bereichen des Schiffes arbeiteten Sklaven daran, das Gefährt wieder in einen seetüchtigen Zustand zu versetzen. Der Fockmast war bereits neu getakelt, und die Männer hatten ihre Aufmerksamkeit dem neuen Großmast zugewendet.

Ein Minotaurus saß abseits von den anderen Kriegern. Er hatte einen Stapel Waffen neben sich liegen und beschäftigte sich mit den Lederscheiden und Gürteln. Theros ging zu dem Krieger und stellte sich vor ihn hin. Der Minotaurus hatte gerade mit einer Scheide zu tun und bemerkte den Jungen zunächst überhaupt nicht.

Theros blieb stehen, da er nicht wußte, was er tun sollte. Schließlich setzte er sich und nahm ein Schwert und einen Wetzstein zur Hand. Sein Vater hatte ihm gezeigt, wie man ein Fischermesser schärft, und das hier sah ganz genauso aus. Er begann mit der Arbeit.

Der Minotaurus sah überrascht auf. Er schien protestieren zu wollen, stellte dann aber fest, daß der Junge sich nur nützlich machte, und ging dann wieder an die Arbeit.

Theros schärfte ein Schwert, eine Axt, dann ein weiteres Schwert. Die Arbeit ging ihm leicht von der Hand. Er zog den Stein an der Klinge entlang, um sie ganz vorsichtig zu schärfen. Dieser Vorgang wurde ständig wiederholt, die ganze Klinge hinunter, bis die Waffe sich schließlich von der Spitze bis zum Handkorb scharf anfühlte. Er wußte auch, daß man die Spitze nach dem Schärfen in ein kleines Ölfläschchen tauchen und dann das Öl über Klinge und Handschutz verteilen mußte, damit sie nicht rosteten. Er schob die Lederscheide wieder über die Waffe und begann mit der nächsten.

Der Minotaurus arbeitete wortlos neben ihm, beobachtete seine Arbeit jedoch aufmerksam und reichte ihm eine weitere Waffe, sobald er mit einer fertig war.

Vom Sitzen in der Sonne wurde Theros bald durstig, aber er wagte es nicht, seine Arbeit zu unterbrechen. Er leckte seine trockenen, ausgedörrten Lippen. Daraufhin grunzte der Minotaurus, der neben ihm arbeitete. Theros blickte auf. Der Minotaurus zeigte zum Bug, grunzte und widmete sich wieder einem Ledergürtel.

Theros lief über das Deck nach vorn. Fasziniert beobachtete er die verschiedenen Arbeiten, die verrichtet wurden. Das Schiff sah wieder mehr wie ein Segelschiff aus. Alles war aufgeräumt. Die Reparaturmannschaften hatten alle Taue und Leinen oben. Je mehr Segel sich entfalteten, desto schneller wurde das Schiff.

Am Wasserfaß auf dem Vorkastell hing eine Schöpfkelle. Ein Mann stand neben dem Faß, tauchte die Kelle ein und trank gierig daraus. Theros erkannte den Mann als den ehemaligen Wächter. Sein Unterkiefer war von dem Schlag blauschwarz angelaufen, die Lippen waren aufgeplatzt. Offensichtlich bereitete ihm selbst das Trinken Schmerzen. Er funkelte Theros an.

»Alles deine Schuld, du kleiner Mistkerl«, murmelte er. »Aber ich werd's ihnen schon zeigen.«

Er hängte die Kelle wieder an das Faß. Theros nahm sie ab und trank durstig. Er hatte den ganzen Nachmittag in der Sonne gesessen und nicht gemerkt, daß er dem Austrocknen nahe war. Nach einem weiteren langen Schluck hängte er die Schöpfkelle zurück.

Der Kapitän trat aus dem Vorkastell auf das Hauptdeck. Er ging ein paar Schritte vor und begann, Takelung und Masten zu überprüfen. Seine Augen schienen sich in Zeitlupe zu bewegen, während er jeden Knoten und jeden Block und jedes einzelne Stück Tauwerk begutachtete.

Der Wächter neben Theros zitterte leicht. Mit nervösen Händen nestelte er an seinen Kleidern herum. Er kletterte aufs Hauptdeck hinunter, und nachdem er sich von der Leiter gelöst hatte, machte er zwei Schritte nach vorn und stand nun eine Länge hinter dem Kapitän. Der Minotaurus bemerkte den Menschen nicht, der jetzt in sein Hemd griff und ein Messer hervorzog.

Später fragte Theros sich oft, warum er getan hatte, was er nun tat. Vielleicht war es deshalb, weil der Kapitän seinen Mut gelobt hatte. Vielleicht auch, weil er fand, daß kein Mann – oder Minotaurus – hinterrücks erstochen werden dürfte.

Theros schrie aus Leibeskräften: »Kapitän! Hinter Euch!«

Der Kapitän fuhr in dem Moment herum, als der Wächter zustieß. Die natürlichen Reflexe eines Kriegers ließen Kavas seitlich ausweichen. Gleichzeitig zog er sein eigenes Messer aus der Scheide, und Mensch und Minotaurus standen einander in Kampfhaltung mit gezückten Waffen gegenüber. Jede Arbeit auf dem Schiff brach ab.

Die Krieger auf dem Achterdeck drängten vor, um besser sehen zu können. Die beiden anderen Offiziere standen am Vorderdeck, jeder mit einer Streitaxt bewaffnet, doch keiner mischte sich in den Kampf ein. Es war das Recht des Kapitäns, den Mann zu töten, der ihn hatte umbringen wollen.

Mensch und Minotaurus umkreisten einander. Als der Mann am Fockmast vorbeikam, zog er einen drei Fuß langen Stützpflock aus einem Loch. Jetzt hatte er zwei Waffen. Noch eine halbe Drehung, und der Mensch griff an. Er stieß mit dem Messer zu und hielt gleichzeitig den Pflock wie eine Keule, um jeden Gegenschlag abzuwehren. Der Kapitän wich dem Angriff aus und setzte seine eigene Waffe ein. Der Mann schlug das Messer beiseite, doch der Stich war nur eine Finte gewesen. Der Kapitän zog das Knie an und rammte es dem Mann vor die Brust.

Der Wächter ließ seine Waffen fallen und brach auf dem Deck zusammen. Er rollte zur Seite, umklammerte seine Brust und rang nach Luft. Dann rührte er sich nicht mehr. Der Kapitän stand abwartend und nach wie vor kampfbereit über ihm. Die Augenblicke verstrichen, doch der Mann blieb regungslos liegen. Schließlich steckte der Kapitän sein Messer ein, während seine beiden Offiziere herbeikamen. Einer drehte den Menschen auf den Rücken. Er war tot.

Der Kapitän, dem nun erst der Schrei einfiel, der ihm das Leben gerettet hatte, drehte sich zu Theros um. Er nickte dem Jungen einmal zu, dann ging er wieder in die Kabine unter dem Vorderdeck, gefolgt von seinen beiden Offizieren. Der Tote wurde an Deck zurückgelassen.

Timpan und Heretos kletterten aus den Wanten zu dem Platz, wo der Mann lag. Beide sahen zu Theros hoch, dann zu dem Toten zurück. Beide schüttelten den Kopf. Theros wußte nicht, was sie dachten, aber er sah, daß ihn die anderen Sklaven an Bord haßerfüllt anstarrten. Die beiden Vorarbeiter hoben den Körper hoch und schleppten ihn zur Backbordseite des Schiffes. Heretos schloß dem Mann die Augen, dann hob er den Körper über die Seitenreling und ließ ihn ins Meer fallen. Niemand sagte ein Wort.

Theros sah zu, wie der Körper hinter dem fahrenden Schiff in den Wellen tanzte, bis er ihn schließlich aus den Augen verlor, weil er vom Meer verschlungen wurde.

»Was –«, fragte Theros sich kläglich, »was habe ich getan?«

Kapitel 4

Theros fuhr erschrocken hoch. Er schüttelte den Kopf und versuchte, durch die Dunkelheit zu spähen. Er erkannte seine Umgebung nicht und konnte sich beim besten Willen nicht daran erinnern, wie er hierhergelangt war. Der Boden wollte einfach nicht da bleiben, wo er hingehörte. Erst rutschte der Junge nach links, kurz darauf wieder nach rechts. Überall im Dunkeln um ihn herum waren gedämpfte, murmelnde Stimmen zu vernehmen. Plötzlich fielen ihm die Ereignisse der letzten zwei Tage wieder ein.

Seine Augen begannen, sich den Lichtverhältnissen anzupassen. Es war nicht so finster, wie er zuerst gedacht hatte. Er konnte Hängematten erkennen, die man aufgehängt hatte, und Kojen an beiden Seiten der Kabine. Man hatte ihm einen Schlafplatz auf der Backbordseite zugeteilt. Es gab mehr Männer als Schlafplätze, aber das machte nichts, denn es waren immer ein paar Männer auf Nachtwache. Beim Wachwechsel tauschte man die Plätze in den Kojen. Keiner brauchte sich darum zu sorgen, wer welche Koje oder Hängematte bekam, denn alle waren von der Funktion her identisch. Als Sklaven besaßen die Männer nichts, und deshalb konnte sich keiner über die anderen stellen.

Die Stimmen, die er gehört hatte, waren überhaupt keine Stimmen, wie er jetzt erst bemerkte. Es war das Geräusch der Wellen, die gegen die Seite des Schiffes klatschten.

Theros setzte sich auf und versuchte, sich an das Geräusch zu erinnern, das ihn geweckt hatte. Er hörte, wie oben die Luke aufging, und dann sah er jemanden langsam die Leiter herunterklettern. Die Gestalt verursachte überhaupt kein Geräusch, was seltsam war, da sie doch eine Rüstung trug und mehr Waffen, als der Junge sich vorstellen konnte. Die Gestalt kam direkt auf Theros zu. Falls außer ihm noch jemand wach war, rührte er sich jedenfalls nicht.

Als die Gestalt näher kam, konnte Theros erkennen, daß es sich um einen Minotaurus handelte, jedoch nicht um einen gewöhnlichen Minotaurus. Er war gewaltig und hatte riesige Hörner. Er trug eine Lederrüstung, in die goldene Zeichen eingehämmert waren. Theros hatte seine Lektion gelernt; er rührte sich nicht und gab auch keinen Laut von sich. Der Minotaurus kam direkt zu Theros' Koje, und als er den Jungen wach vorfand, winkte er ihm zu, daß er ihm folgen solle.

Theros ließ sich polternd auf den Boden hinunter und folgte dem riesigen Minotaurus die Leiter hoch auf das Vorderdeck. Niemand war zu sehen. Was war aus der Nachtwache geworden? Der Minotaurus wies Theros eine Kiste zu, und nachdem der Junge sich gesetzt hatte, sah er das Riesenwesen erwartungsvoll an. Er dachte an Aldvins Rat: *Zeig ihnen nie, daß du Angst hast.* Er faltete fest die Hände.

Du weißt nicht, wer ich bin, nicht wahr? Der Minotaurus sprach, aber die Worte machten kein Geräusch. Sie erklangen nur in Theros' Kopf, aber nirgendwo sonst.

Theros schüttelte den Kopf.

Du darfst hier mit mir sprechen. Ich bin kein Mitglied der Mannschaft dieses Schiffes. Ich bin Sargas. Ich wache über die Minotauren – unter anderem.

Theros machte den Mund auf. »Ich bin –«

Halt, kleiner Mensch. Ich weiß, wer du bist und was du bist. Du bist eines meiner Kinder. Weißt du von den Göttern, kleiner Theros?

»Es gibt keine Götter, Herr«, antwortete Theros. »Der Mann in unserem Dorf sagt, daß die alten Götter uns nach der Umwälzung verlassen haben und daß –«

Genug! Der Minotaurus grollte und sah sehr grimmig aus.

Ich weiß, welche Menschen so etwas sagen. In der Menschensprache nennen sie sich die Sucher. Sie sagen, sie wären die einzigen Kleriker, die es auf Krynn noch gebe.

Laß mich dir erzählen, was du von den Göttern wissen mußt, kleiner Theros. Es gibt nur einen Gott, um den du dich zu kümmern brauchst. Das ist der Gott, der dein Leben beherrscht, und der bin ich. Ich bin Sargas, Gott der Minotauren und Gott der Ehre, der Kriegsführung und der Rache. Verehre mich, Theros, denn ich bin dein Herr der Herren.

Theros sah den Minotaurus forschend an. »Du bist kein Gott, du bist ein Minotaurus. Ich verstehe das nicht.« Ihm kam ein Gedanke in den Sinn, etwas, das der Sucher gesagt hatte. »Wenn du ein Gott bist, beweise es mir.«

Das Gesicht des riesigen Kriegers verzerrte sich vor Wut. Seine Stimme dröhnte, obwohl er kein Geräusch von sich gab. *Du weißt also wirklich nichts über Götter, kleiner Theros? Es obliegt den Sterblichen, sich vor* mir *zu beweisen, zu beweisen, daß sie die Ehre im Leib haben, die ich anerkenne, zu beweisen, daß sie die kriegerischen Fähigkeiten und den teuflischen Verstand von Taktikern haben.*

Theros war erschrocken, aber er zwang sich zur Ruhe.

Sargas, der ihn beobachtete, lächelte. *Du bist tapfer. Das gefällt mir. Dieses eine Mal will ich meinen Stolz bezwingen und dir beweisen, daß ich ein Gott von unvergleichlicher Macht bin.*

Bei diesen Worten wurde der Minotaurus größer und größer, bis seine Gestalt rittlings über dem ganzen Schiff stand. Es gab noch immer kein richtiges Geräusch, aber die Worte donnerten in Theros' Kopf. Plötzlich wurden die Arme des Minotaurus länger, und ihnen wuchsen Federn. Theros traute seinen Augen nicht. Innerhalb von Sekunden hatte sich der kolossale Minotaurus in eine riesige schwarze Krähe verwandelt. Sie stieg in die Luft, wobei ein roter Glanz ihre Gestalt umgab, flog über das Schiff und stieß dann mit ausgestreckten Krallen in entsetzlichem Tempo auf Theros herunter.

Der Riesenvogel würde Theros in Stücke reißen. Er konnte

sich nicht bewegen, aber nicht etwa, weil er mutig, sondern weil er vor Angst wie festgewachsen war. Die Krähe hielt genau auf den Platz zu, wo der Minotaurus gestanden hatte, und verwandelte sich dann im letzten Moment wieder in den Minotaurus zurück. Sargas stand vor Theros und lächelte.

Theros konnte nicht fassen, was er gerade gesehen hatte. Er rieb sich die Augen und kniff sich (um sicherzugehen, daß er wach war). Noch immer stand der Minotaurus vor ihm.

Sargas beugte sich nieder und starrte dem Jungen in die Augen. *Vor zwei Tagen, Theros, standest du am Strand, ein Dorfjunge, der für ein Leben als Fischer bestimmt war. Du warst klug genug, ein solches Schicksal zu verabscheuen. Du hast bei den Minotaurenkriegern dein Glück gesucht. Das hat mir sehr gefallen, und ich begann, ein Auge auf dich zu haben.*

Gestern hast du gezeigt, daß du von Grund auf ehrenhaft bist. Du hättest zulassen können, daß der Menschenkrieger dem Minotaurus ein Messer in den Rücken stößt, denn der war schließlich dein Feind. Statt dessen hast du die Feigheit dieser Handlung gesehen und den Kapitän rechtzeitig gewarnt. Auch das hat mir gefallen.

Du bist ein Mensch, dessen Leben vielversprechend beginnt. Ich bin jetzt hier und zeige mich dir, um dich auf den rechten Pfad zu lenken.

Theros blickte in die finsteren Seen, die Sargas' Augen waren. Sein Geist fiel in diese Seen, tauchte in ihre Mitte ein, sah alles und nichts.

Theros glaubte. »Was soll ich tun, Sargas, o Herr?«

Sargas richtete sich auf. *Du mußt zu allen Zeiten an die Ehre denken. Mach mir Ehre, indem du dir selbst Ehre machst, und erkenne Ehre als die wahre Tugend, die sie ist. Lerne die Kunst der Kriegsführung und sei dir bewußt, daß du ein Mann des Schicksals bist. Wirf dein Leben nicht weg, sondern nimm es in die Hand und benutze und forme es nach deinem Willen, wie du es vor zwei Tagen am Strand getan und gestern auf diesem Schiff getan hast.*

Ich werde dir in deinem Leben dreimal erscheinen, Theros, dieses ist das erste Mal. Meine Besuche werden ohne Vorankündigung stattfinden, aber sie werden in Augenblicken der Krise kommen, damit ich dir helfen kann, den Pfad zu erkennen, den du nach meinem Wunsch einschlagen sollst.

Ohne Vorwarnung verwandelte sich der Minotaurus erneut in die schwarze Krähe, deren Flügel wie aus Feuer waren. Sie schwang sich in die Luft, und Theros verfolgte den Flug des leuchtenden Vogels, der sich höher und höher in den Nachthimmel erhob, bis er nur noch ein Fleck war, der einen Stern verdeckte.

Theros kehrte in seine Koje unter Deck zurück. Er wollte wach bleiben und über die Ereignisse des gestrigen Tages nachdenken, sie irgendwie begreifen. Statt dessen glitt er in einen tiefen, tiefen Schlaf.

Als er aufwachte, staunte die Minotaurenbesatzung über eine schwarze Krähenfeder, die man auf Deck gefunden hatte. Sie wären viel zu weit vom Land entfernt, sagten sie, als daß Krähen über das Schiff fliegen würden.

Kapitel 5

»Einen schönen guten Morgen, Meister Schmied.«

»Bah! Warum müßt ihr Menschen immer versuchen, alles schönzureden? Es ist ein gräßlicher Tag. Der Regen hört nicht auf, der Matsch hört nicht auf, also warum sagst du, es wäre ein guter Morgen, Theros?«

Finster sah der Minotaurus den jungen Mann an, der für seine achtzehn Jahre groß und kräftig war. Seine Arme waren gut entwickelt, die Hände groß und geschickt. Seine Locken trug er kurz, das Gesicht sauber rasiert, wie es sich für Menschen im Dienste von Minotauren schickte.

»Es ist ein guter Morgen, weil heute ein Kampf stattfindet, Meister Schmied«, erklärte Theros.

Der Schmied schüttelte seinen gehörnten Kopf und schnaubte. »Ich bezweifle, daß die Elfen heute angreifen werden. Dieses Wetter scheint nicht nach ihrem Geschmack zu sein. Ich möchte wetten, daß die Schlacht erst morgen stattfindet. Das heißt, wir haben massenhaft Arbeit vor uns. Ich arbeite an den Pfeilspitzen. Du arbeitest an den Speerspitzen. Davon können wir nie zu viele haben. Die Krieger gehen damit um, als wären es Kieselsteine, die auf der Erde herumliegen. Sie scheinen nie zu bemerken, wie lange es dauert, sie anzufertigen.«

Theros zog eine Grimasse. »Du verwöhnst mich, Hran. Du weißt, daß ich Pfeilspitzen hasse. Sie erfordern soviel Feinarbeit! Aber für dich ist es viel schwieriger als für mich. Deine Hände sind viel zu groß. Laß mich die Pfeilspitzen machen, und du machst die Speere.«

»Siehst du, wieder etwas gelernt. Wenn man weiß, wer für welche Aufgabe taugt, ist die Arbeit schon halb getan. Jetzt laß das Reden und fang an zu arbeiten. Ihr Menschen redet immerzu ...«

Theros drehte sich um und schürte das Feuer. Die Esse am Schlachtfeld war schon am Vortag aufgebaut worden, aber erst heute konnten sie sie zum erstenmal benutzen, da das Feuer fast einen ganzen Tag brauchte, um heiß genug zu werden.

Der Minotaurus Hran war der Waffen- und Rüstungsmeister der Dritten Minotaurenarmee. Den ganzen Sommer über hatte die Armee gegen die Elfen in den Wäldern von Silvanesti Krieg geführt. Ein Jahr zuvor hatte eine Gruppe Minotauren entschieden, daß diese Küstenregion für minotaurische Siedlungen ideal wäre. Unter der Leitung eines Piraten namens Klaf hatten diese Minotauren ein befestigtes Dorf an der Küste errichtet.

Es war die erste Minotaurensiedlung auf dem Kontinent, seit die Umwälzung die Landverbindungen zwischen der Heimat der Minotauren und dem Rest von Ansalon zerstört hatte. Geplant war, das Dorf zur Stadt und später zu einer Küstenfestung auszubauen. Wenn die Minotauren erst einmal Fuß gefaßt hatten, wären sie nicht mehr zu entwurzeln und hätten bei jedem Angriff den Vorteil des eigenen Territoriums. Die Elfen mußten zuschlagen, solange die Minotauren noch mit der Gründung ihrer neuen Kolonie auf Ansalon beschäftigt waren.

Genau das hatten die Elfen getan. Weil sie wußten, daß die Minotauren Meister der Seefahrt waren, bauten die Elfen ihre eigenen Stärken aus und bereiteten einen Großangriff zu Land vor, mit dem sie die Küstenregion zurückerobern wollten. Die Minotauren würden um dieses Gelände kämpfen müssen.

Klaf, der befehlshabende Minotaurus, bat den Obersten Kreis um eine Armee, um die Elfen zu unterwerfen. Wenn die Elfen geschlagen werden konnten, konnten die Minotauren Küste und Meer für sich beanspruchen. Von dort aus konnten sie bequem halb Ansalon plündern.

Über den Obersten Kreis belohnte der Kaiser Klaf mit dem Kommando über die Minotaurenarmee und befahl ihm, die elfische Bedrohung für den Standort der Kolonie zu beseitigen. Es wurde betont, daß die Ehre von Klafs gesamtem Clan bei diesem Feldzug auf dem Spiel stand. Es gab nur ein kleines Problem. Man konnte keine kampfbereite Minotaurenarmee erübrigen. Die Dritte Armee war für Zeremonien und Paraden gedacht und stand normalerweise in der Hauptstadt Lacynos. Es würde eine gewaltige Anstrengung seitens des Kommandanten erfordern, die Dritte Armee in kampfbereite Krieger zu verwandeln.

Während des letzten Jahres hatte Klaf genau das getan. Seit sieben Monaten zog die Truppe jetzt schon gegen Elfeneinheiten in dieser Gegend ins Feld und hatte sie langsam und unausweichlich ins Landesinnere zurückgedrängt. Klaf hatte in dem Rückzug schon den Sieg gesehen, doch dann hatten ihm seine Spione vor zwei Wochen die Nachricht gebracht, daß ein neuer Gegner eingetroffen war – eine achttausend Mann starke Elfenarmee, die die Minotauren wohl zur offenen Schlacht herausfordern würde. Obwohl die Elfen als Fußvolk schwächer waren als die Minotauren, verfügten sie über ausgezeichnete Bogenschützen, und ihre Kavallerie konnte unter den langsamen Minotauren ein Blutbad anrichten.

Klaf war der festen Überzeugung, daß nur militärische Anfänger sich auf Strategie und Taktik verlegten. Erfahrene Offiziere prüften die Logistik. Er wußte, daß die Bogenschützen die Schwachstelle seiner Armee waren. Die Beute, die sie in den ersten Kämpfen gemacht hatten, ermöglichte es Klaf, Söldner anzuheuern – Menschenschützen –, um seine Streitmacht abzurunden.

Indem er seine Versorgungslinien zur See hin offenhielt, hatte er dafür gesorgt, daß seine Armee gut ernährt und gut ausgerüstet war. Hunderte von erfahrenen Handwerkern, Köchen und anderen Meistern waren von Schiffen der Minotaurenflotte abgezogen worden und hatten in der Küstensiedlung die Arbeit aufgenommen. Einer von ihnen war Theros, der in den letzten acht Jahren an Bord eines Minotaurenschiffes gedient hatte.

Das Waffenschärfen, das Theros fast zufällig aufgenommen hatte, hatte sich als eine Aufgabe erwiesen, für die er hochtalentiert war. Theros war so erfolgreich darin gewesen, Leder zu reparieren und die unterschiedlichen Waffen auf dem Schiff zu pflegen, daß sein Ruf sich weit über das Kriegsschiff hinaus ausbreitete, auf dem er diente.

Die Krieger der *Blatvos Kemas* hatten sich wacker geschlagen. Das schrieben sie natürlich sich selbst zu, aber der Kapitän hatte auch Theros die seltene Ehre zuteil werden lassen, ihn in seinen Berichten zu erwähnen. Der Kapitän behauptete, daß die Qualität der Waffen und Rüstungen so hoch war, daß ein Krieger sich darauf verlassen konnte, daß sie ihn befähigen würden, sein Bestes zu geben. Leider hatte der Kapitän das Pech, daß dieses Lob für Theros einem reichen Mitglied des Obersten Kreises ins Auge fiel. Zum großen Bedauern der Mannschaft und der Krieger verlor der Kapitän Theros bei einer Wette um eine Seeschlacht an das Ratsmitglied.

Theros war nicht das einzige Wertobjekt, das dieses Mitglied des Obersten Kreises gewann. Mehrere Schiffe mitsamt Sklaven, Mannschaft, Kriegern und Ausrüstung fielen dem hochrangigen Minotaurus zu. Das meiste von seinem Gewinn schickte er der neu erstarkten Armee von Klaf, um seine Unterstützung zu zeigen.

Theros wurde dem leitenden Waffenschmied in Klafs Truppen zugeteilt. Hran war weise und stark und besaß legendäre Fähigkeiten, was Klingenwaffen anging. Seine Äxte waren hochgeschätzt und weit und breit begehrt. Zuerst war Hran skeptisch gewesen, weil er mit einem Menschen zusammenarbeiten sollte. Er wies dem jungen Mann die Aufgabe zu, Pfeile und Speere herzustellen. Das waren nicht die Waffen berühmter Krieger, aber immerhin die täglichen Werkzeuge der Armee. Selbst wenn man sie in Hülle und Fülle herstellte, würde eine Armee nach zwei Kampftagen neue brauchen. Als Theros sich bei dieser Arbeit geschickt anstellte, fand Hran, daß der Menschensklave einen ganz ordentlichen Schmied abgeben könnte.

Hran achtete allerdings darauf, dies Theros niemals zu verraten.

Die neue Elfenarmee stellte eine große Bedrohung für die Minotaurenarmee dar. Die Elfen mußten geschlagen werden, oder es würde an der Küste für alle Zeiten unruhig bleiben. Der Ort der Schlacht war wenig einladend, und aus dem wolkenverhangenen Himmel regnete es seit einer Woche. Der Boden war triefend naß, und dort, wo die schweren Wagen des Trosses entlangzogen, waren die Wege anschließend zerwühlt und matschig. Der Boden um die Schmiede war der einzige trockene Platz im Umkreis von drei Meilen. Man hatte ein riesiges Zelt aufgebaut, dessen Mittelstange als Schornstein für die Esse diente. Die Hitze des Feuers unter dem Zelt buk den Boden zu hartem Lehm.

Nach einem Tag Einheizen war das Feuer endlich heiß genug, um Metall zum Schmelzen zu bringen. Theros nahm Blöcke aus Stahl und Bronze und schmolz sie in einem großen Kessel. Unter den wachsamen Augen von Hran warf er kleine Mengen verschiedener Pulver hinein, um der Metallsuppe spezielle Eigenschaften zu verleihen. Weißes Pulver sorgte dafür, daß das Metall beim Abkühlen nicht riß. Graues Pulver half den beiden verschiedenen Metallen, sich zu vermischen, damit sie eine stärkere Legierung bildeten.

Im Kessel blubberte und brodelte es. Mit einem kleinen Messer säuberte Theros die Form für die Pfeilköpfe. Sehr sorgfältig kratzte er alle Überreste früherer Güsse ab. Als er zufrieden war, stellte er die Holzplatten um das Feuer auf. Mit einer riesigen Zange hob er den Kessel an und goß geschmolzenes Metall in die erste Form. Das Metall floß in die pfeilförmigen Mulden, die in den Holzblock geschnitzt waren, und wurde langsam fest. Durch die extreme Hitze begann das Holz zu brennen. Theros ging zur zweiten Form und wiederholte den Prozeß. Das tat er wieder und wieder, bis alle zehn Formen gefüllt waren und in Flammen standen.

Theros stellte den Kessel in das Schmiedefeuer zurück und ließ die Zange fallen. Er eilte zum Wasserfaß, füllte einen Eimer und rannte zu seinen brennenden Formen zurück. Eine nach der anderen übergoß er mit Wasser, wodurch er das Feuer löschte und gleichzeitig das Metall härtete. Der aufsteigende Dampf vermischte sich mit dem Rauch aus der Esse, bis er oben aus dem Zelt entwich.

»Ich würde sagen, man kann diese Formen noch dreimal benutzen. Danach sind sie zu stark verbrannt. Was meinst du, Hran?«

Der große Minotaurus schnaubte. »Ich würde sagen, man könnte sie noch mindestens viermal benutzen, wenn du das Feuer schneller löschen würdest. Für einen jungen Kerl in der Blüte seiner Jugend bist du unglaublich langsam und so umständlich wie ein Zwerg. Du bist hoffnungslos! Aus dir wird niemals ein Schmied!«

Der junge Mann ließ sich nicht entmutigen. Er wußte, daß er das Feuer in den Formen fast in Rekordzeit gelöscht hatte. Hran versuchte ständig, Theros' Arbeit weiter zu verbessern. Theros füllte seinen Wassereimer nach. Diesmal kühlte er das Metall bis zu der Temperatur ab, bei der man die rohen Pfeilspitzen aus den Formen lösen konnte. Er warf sie auf ein Metallgitter, das dicht unter der Wasseroberfläche in dem Wasserfaß hing. Blasen und Dampf stiegen auf. Bald kühlten hundert rohe Pfeilspitzen aus den zehn Formen im Wasser ab.

»He, Hran! Was glaubst du, wann Klaf die Krieger in die Schlacht schicken wird?«

Hran ließ einen Moment von der Axt ab, die er gerade schärfte, und sah auf. »Wenn es nach Klaf geht, beginnt die Schlacht erst in zwei Tagen. Aber ich glaube, es wird nicht nach ihm gehen. Ich kann mir nicht vorstellen, daß diese schlappen, verweichlichten Elfen sich noch länger durchweichen lassen, um abzuwarten, bis wir so stark sind, daß wir ihnen unsere Bedingungen aufzwingen können. Nein, ich glaube, sie werden bald kommen. Zu bald. Wir müssen bereit sein.«

Theros nahm die Pfeilköpfe einen nach dem anderen aus dem Wasser. Er befestigte jeden einzelnen in einem Schraubstock. Danach nahm er eine große Metallfeile und begann, die rohe Form in eine kegelförmige Spitze zu verwandeln. Vier bis fünf Raspler mit der groben Feile formten eine Seite der Pfeilspitze, und die vier bis fünf Raspler mit einer feinen Feile versahen sie mit einer scharfen Schneide.

»Glaubst du nicht, daß unsere Infanterie trotzdem besser ist als ihre?« fragte Theros.

Hran fuhr mit dem Schärfen des Schwerts fort. »Die Infanterie ist nur ein Teil einer Schlacht. Wir haben keine Kavallerie, und die Elfen wissen ihre gut zu nutzen. Normalerweise ist uns das egal. Wir stehen und kämpfen, bis keine Feinde mehr da sind, die wir bekämpfen können. In diesem Fall aber sehe ich Probleme. Wenn unsere Versorgungslinien abgeschnitten werden und die Infanterie in kleine Gruppen aufgesplittert wird, könnten die Elfen ihre Truppen zusammenziehen und die Überlebenden zermalmen.«

»Das weiß Klaf«, meinte Theros. »Wir werden siegen, wenn wir die Chance dazu bekommen.«

Er nahm die Pfeilspitze aus dem Schraubstock, drehte sie um, steckte sie zurück und wiederholte die Arbeit auf der anderen Seite.

»Du mußt zugeben, mein Freund, daß unsere Waffen denen der Elfen weit überlegen sind.« Theros betrachtete seine Arbeit mit Stolz. Alle paar Augenblicke gab er einer Pfeilspitze den letzten Schliff und warf sie auf einen Stapel. Während sie sich unterhielten, wurde der Stapel beständig größer.

»Bah!« Hran schnaubte wieder. »Du weißt nichts von Waffen. Ich habe dir in den Monaten, die du jetzt bei mir arbeitest, soviel wie möglich beigebracht. Wir haben mit Waffen und Rüstungen zu tun, die für den alltäglichen Gebrauch in einer Armee gedacht sind. Äxte, Schwerter, Pfeile, Speere, Messer – das sind die Waffen der Krieger. Schild, Brustpanzer, Beinschienen – das ist die Rüstung der Krieger. Wir flicken, hämmern die Kerben aus und machen Pfeile, aber wir haben keine Zeit für wirklich hervorragende Arbeit. Nimm beispielsweise dieses Schwert. Das ist eine Waffe für einen wahren Krieger. Nur ein echter Meister kann eine solche Klinge herstellen. Ich wünschte, ich hätte die Zeit, dich die Kunst zu lehren, wie man ein gutes Schwert macht.«

Hran sah die Waffe liebevoll an und schob sie dann mit einem Seufzer in die Scheide zurück. Nachdem er das Schwert auf einen Tisch gelegt hatte, hob er einen riesigen Brustpanzer auf. Er war mit silbernen Einlegearbeiten verziert, Piktogrammen und Symbolen, die jeweils eine heroische Tat oder eine Kampfszene darstellten. Der Panzer hatte sich von dem Lederfutter gelöst.

Hran fädelte eine Sehne in eine Ledernadel ein und untersuchte das Teil. Das lederne Futter war aufgerissen, so daß die Schulterriemen nicht mehr hielten. Wahrscheinlich hatte sich der Panzer in einem Kampf gelockert, und sein Besitzer hatte ihn abgerissen und so den Schaden größtenteils selbst verursacht.

Hran grunzte und warf die Arbeit auf den Boden. »Bah! Theros, mach du das. Diese Arbeit erfordert kleinere Hände als meine. Warum sie verlangen, daß ich meine Kunst auf das Reparieren von Rüstungen verschwende, ist mir unbegreiflich.«

Theros stellte die letzten Pfeilspitzen fertig und ließ sie auf dem Stapel liegen, bereit zum Schärfen. Später würde er sie zum Pfeilmacher bringen, der die Schäfte anfertigte und die Spitzen daran befestigte. Das war nicht Aufgabe eines Waffenschmieds.

Hran hob einen riesigen Axtkopf auf, dessen gebrochener Stiel aus der Fassung in der Mitte ragte. »Ah! Na, das ist eine gute Arbeit! Ich erkenne die Handwerkskunst an diesem Axtkopf. Ein neuer Griff, und sie ist wieder eine Waffe, die eines Kriegers würdig ist!«

Theros lachte. Er hob die Rüstung auf, um sie zu begutachten. »Natürlich findest du das. Schließlich stammt sie von dir!«

Er richtete seine Aufmerksamkeit wieder auf den Brustpanzer. Mit einer Lederschere begann er, die obere rechte Ecke der Innenpolsterung sowie den Riemen der rechten Schulter abzuschneiden. Das Leder war ziemlich verhärtet, weil es naß gewesen und nicht ordentlich gepflegt worden war. Wahrscheinlich war es noch nie mit Sattelseife in Berührung gekommen. Das Stück sah aus, als wäre es seit Generationen weitergegeben worden, ein ehedem prachtvolles Teil – ein Brustpanzer, wie er einem tapferen, ehrenhaften Krieger zustand.

Theros drehte sich zu Hran um, damit sie ihre Unterhaltung fortsetzen konnten, doch in diesem Augenblick begann Hran, die Reste des Axtgriffs mit einem riesigen Hammer und einer hölzernen Ahle zu bearbeiten. Das Hämmern machte ein weiteres Gespräch unmöglich.

Der Morgen war schon halb vorüber, und der Dunst begann sich zu heben. Selbst der Sprühregen ließ nach. Theros konnte jetzt das Zelt des Pfeilmachers, das Verpflegungszelt und die Wagen des Quartiermeisters erkennen. Das Wetter wurde tatsächlich besser. Minotaurenkrieger gingen in den Zelten ein und aus. Menschensklaven liefen umher. Alle gingen den üblichen Geschäften einer Nachhut nach.

Ein großer Krieger mit überlangen Hörnern betrat das Zelt des Waffenschmieds. Hran bemerkte ihn nicht, sondern hämmerte weiter auf die Reste des Axtgriffs ein. Theros stand auf. Er erkannte den Minotaurus – es war der diensthabende Offizier der Nachhut. Huluk war sein Name, und er hatte den Ruf eines streitlustigen Kriegers, dessen einzige Freude der Kampf war, ob in der Schlacht oder mit den eigenen Soldaten.

Der große Krieger überschrie den Lärm. »Ist das meine Rüstung, an der du da arbeitest, Sklave? Zeig her.«

Theros versuchte, ihm durch Gesten mitzuteilen, daß der

rechte Riemen noch nicht fertig sei, aber der Minotaurus ignorierte ihn. Schließlich war Theros ein Sklave. Theros hielt dem Offizier das halb reparierte Teil zur Inspektion hin. Der Minotaurus nahm den Brustpanzer, legte ihn an und fummelte nach den Riemen. Als er den rechten Riemen nicht finden konnte, wurde er wütend. Er warf Theros den Panzer wieder zu.

»Das ist nicht gut genug! Ich will, daß er in einer Stunde fertig ist.«

Hran hörte seine Worte durch den Lärm und unterbrach sein Hämmern. Als er sich umdrehte, sah er den Offizier durch den Matsch davonstapfen.

»In Sargas' Namen, was war denn das?«

Theros zuckte mit den Schultern. »Dem Kommandanten gefällt nicht, was ich mit seinem Brustpanzer gemacht habe. Ich habe versucht, ihm zu erklären, daß er noch nicht fertig sei. Er will ihn in einer Stunde haben.«

»Sag ihm, er bekommt ihn, wenn du soweit bist.«

Theros lächelte, doch es war ein bitteres Lächeln. »Das kann ich nicht wagen. Ich bin ein Sklave, oder hast du das vergessen?«

Hran musterte ihn. »Manchmal glaube ich, du bist derjenige, der das vergessen hat, Theros. Du sagst ›wir‹ Minotauren und ›unsere‹ Armee. Man könnte fast meinen, du verstehst dich selbst als Minotaurus. Wie kommt das?«

Theros murmelte eine Art Erklärung, daß es wohl daran läge, daß er schon acht Jahre bei den Minotauren lebte. Er hatte noch niemandem von seiner Begegnung mit Sargas erzählt. Wahrscheinlich würde er das auch nie tun.

Hran betrachtete ihn, denn er erriet, daß mehr hinter Theros' Worten steckte. Theros beugte sich über das Leder.

Der Schmied murmelte etwas über weniger Gerede und mehr Arbeit und ging wieder dazu über, das Holz aus dem Axtkopf zu hämmern.

Theros nahm zunächst ein frisches Stück Leder und schnitt

es in Form. Die Ledernadel war immer noch eingefädelt und lag bei den anderen Werkzeugen auf dem Tisch. Theros nähte das neue Leder an das alte Stück, das noch an dem Panzer festhing. Er setzte das neue Leder an die richtige Stelle und stopfte dann ein Baumwollfutter dahinter, das das Leder gegen das Metall abpolstern sollte. Danach befestigte er die Seiten des Lederstücks am Rand, wobei er die Ösen benutzte, die noch da waren, und neue einhämmerte, wo es keine mehr gab.

Er legte den Panzer auf die Seite. Nun nahm er das alte Leder zur Hand und legte es in den Schraubstock, wo er den Harnischstreifen von dem alten Stück löste, indem er die Niete mit einer Zange abknipste.

Den Rest des Leders warf er fort. Er ergriff die Schnalle und tauchte sie in Fett. Seine Finger begannen, die verklemmte Schnalle zu bearbeiten und den Rost soweit zu lösen, daß man sie wieder benutzen konnte. Nun mußte er nur noch die Schnalle an dem Brustpanzer befestigen.

Theros drehte sich nach der Nietenzange um. Die Wolken rissen auf, und gelbes Sonnenlicht erhellte die Erde.

Von der Front erklang ein einsames Horn.

Es war das Signal für die Schlacht.

Kapitel 6

Theros sah Hran an. Beide hatten ihre Arbeit unterbrochen.

Das Signal für die Schlacht kam zu früh.

Der Augenblick des Innehaltens verstrich und wich sogleich allgemeiner Unruhe. Alles und jeder bewegte sich so schnell wie ein Feldhase, den ein Jagdhund aufgestöbert hat. Die Krieger strömten aus den Zelten, wobei sie hastig ihre Harnische und Brustpanzer anschnallten.

Hran ließ fallen, was er gerade bearbeitete. »Schnell, Junge, mach das Teil fertig! Wir müssen uns bereithalten! Beim großen Sargas! Das ist der falsche Zeitpunkt!«

Theros nähte, so schnell er konnte. Er konzentrierte sich auf seine Arbeit, während die ganze Welt um ihn herum ausschwärmte. Unterkommandanten eilten ins Zelt und forderten Pfeile oder Speere, lederbezogene Schilde oder besonders geformte Metallgeschosse für die Schlingenwerfer. Sie schnappten sich, was sie brauchten, und liefen weiter.

Hran sprang zu einer großen Kiste, die an der Seite des Zelts stand. Er klappte sie auf und zog ein Stück seiner eigenen Rüstung heraus – ein Lederwams mit Metallstreifen, die einen Pfeil oder eine Klinge abhalten sollten. Er schnallte es um und suchte nach dem nächsten Stück.

Theros konnte seine Finger einfach nicht schnell genug bewegen. Er wußte, daß er niemals rechtzeitig fertig werden würde, und er hatte recht.

Huluk, der Kommandant der Nachhut, stürmte in das Zelt.

»Du, Sklave! Gib mir den Brustpanzer. Ich brauche ihn jetzt!«

Theros wollte Einwände erheben und dem Offizier erklären, daß das Teil noch nicht fertig sei. Es war gerade erst notdürftig zusammengenäht. Der Offizier schlug Theros mit dem Handrücken so fest ins Gesicht, daß der junge Mann rückwärts stolperte und auf den Boden fiel.

»Verdammter Sklave! Diese Rüstung ist immer noch nicht fertig! Wie soll ich mit solchem Müll kämpfen? Leg sie mir an!«

Theros, der von dem Schlag noch flach auf dem Rücken lag, rollte sich herum und sprang auf. Er versuchte, die Rüstung um den Leib des riesigen Minotaurus zu schnallen, aber sie hielt nicht. Die Naht gab bereits nach, als Theros versuchte, den Riemen festzuschnallen.

Diesmal reagierte Theros, als die Schultermuskeln des Kriegers sich zusammenzogen, bevor er herumfuhr. Theros duckte sich gerade noch rechtzeitig, um einem zweiten Schlag auszuweichen.

»Es tut mir leid, Kommandant. Ich hatte keine Zeit ...«

Der Offizier brüllte den Schmied an. »Du bezahlst mir noch für die Unverschämtheit und Unfähigkeit deines Sklaven. Merk dir meine Worte, Hran. Das bleibt nicht ungestraft.«

Hran winkte ab. »Tu, was du willst, Huluk. Aber verschwende nicht meine Zeit und die meines Sklaven, sondern stell dich deinem Kampf!«

Huluk bebte vor Wut, drehte sich um und stürmte aus dem Zelt des Waffenschmieds. Beim Gehen schlug ihm der Brustpanzer gegen den Oberkörper, an dem er nur teilweise befestigt war.

Theros blieb unglücklich zurück, seine Arme hingen herab, und er hatte den Kopf gesenkt. Er hatte seine Strafe verdient.

Hran kam herbei und legte Theros die Hand auf die Schulter. »Hör mal, Theros. Wenn ein Krieger in Panik gerät, ist das für den anderen kein Beinbruch. Wir werden diese Elfenarmee schlagen, und dann kehren wir in das neue Dorf an der Küste zurück, wo wir wunderbare Schwerter schmieden werden, wie sie nur die Krieger der alten Zeiten kannten!

Aber das Vordringliche zuerst. Du beginnst auf der linken Seite, ich auf der rechten. Wir rollen das Zelttuch von den Stützstangen zum Schornstein in der Mitte hoch. Also, los!«

Theros sprang an seine Seite des Zelts und begann, die nassen Segeltuchbahnen aufzurollen.

Sie mußten das Zelt abbrechen und die Ausrüstung auf dem Wagen verstauen, bevor sie sich richtig zur Schlacht rüsten konnten. Die Esse blieb angeheizt zurück, aber das Zelt mußte mitgenommen werden. Wenn sie die Schlacht gewannen, würden sie das Zelt wieder aufbauen. Wenn sie verloren, würden sie zum Troß der Armee gehören und sich mit der Nachhut zurückziehen. Hran würde nichts für die Elfen zurücklassen.

Das Zelttuch war nach dem tagelangen Regen schwer vor Nässe. Als Hran mit seiner Seite fertig war, rollte er sie neben die Esse. Er begann, die beiden Seiten voneinander zu trennen. Theros kämpfte noch. Das schwere Tuch rollte langsam und wurde mit jedem Zoll schwerer.

»Komm schon, Junge! Stemm dich dagegen!« schrie Hran.

Als beide anpackten, ging es schneller. Die Rolle prallte gegen die Seite der hastig erbauten, steinernen Esse, wo sie liegenblieb. Gemeinsam gingen die beiden zum rechten Ende der Rolle und schlugen es über die andere Hälfte. Dann bückten sie sich und hievten die Zeltbahnen auf den Wagen.

Hran grunzte, während sie das Tuch sicher auf dem Wagen verstauten. »Schnell jetzt, sammle alles Werkzeug ein!«

Theros rannte zu der Stelle, wo eben noch das Zelt gestanden hatte. Er bückte sich nach zwei Zangen, die im Gras lagen. Als er nach ihnen griff, erhoben sich die wimmernden Töne der Regimentstrompeten.

»Der Ruf in die Reihen.« Hran machte ein besorgtes Gesicht. »Beeil dich, Bursche! Beeil dich!«

Jetzt konnte Theros das schrille Geräusch der Elfentrompeten hören. Der Feind war ganz in der Nähe.

Sie hatten sich mit dem Zelt zuviel Zeit gelassen. Er und Hran würden mitten in der Schlacht festsitzen.

Kapitel 7

Die Wolken begannen aufzureißen, und sonnige Flecken spielten über das Feld, das die Minotauren von ihrem Gegner, den Elfen, trennte.

Theros war nur ein kleines Rädchen in der gewaltigen Kriegsmaschinerie der Minotauren. Während er hinten arbeitete, lief die Maschine schon an, um sich vorwärts zu schieben.

Der Anführer der Minotauren, Kommandant Klaf, hastete aus seinem Zelt hinter den sich versammelnden Truppen. Er brüllte den Standartenträger und Hornisten an: »Was geht hier vor? Warum hast du zur Schlacht geblasen?«

Seine Offiziere zeigten über das Feld. Klaf folgte ihrem Wink. Aus den Wäldern strömten Elfen und begannen, sich um ihre eigenen Standarten zu formieren.

»Großer Sargas! Hornist, blas ›Offiziere zu mir‹!« Der Hornist hob sein großes Horn und stieß die Töne hervor. Das ganze Lager war zum Leben erwacht, als er zu den Waffen gerufen hatte. Jetzt war es an der Zeit, sich zu rühren und nicht herumzustehen wie Kinder, die gefüttert werden wollen.

Mit verschränkten Armen stand Klaf da und musterte die Feinde über das fast eine Meile breite Feld hinweg. Die Elfen ließen sich wie üblich Zeit, fanden sich zu altmodischen Kompanien zusammen, alles in präzisen Reihen. Der Elfenkommandant hatte drei Infanteriekorps unter seinem Befehl. Er stellte ein Korps in die Front, die anderen beiden Seite an Seite hinter das erste. Klaf winkte dem Standartenträger.

»Und, was meinst du, Olik? Was glaubst du, wo sie ihre Bogenschützen haben werden? Die sind unsere größte Sorge.«

Der jüngere Offizier zögerte einen Augenblick, denn er musterte noch die Formation des Feindes. »Die Bogenschützen müssen in den beiden hinteren Korps sein. Ich kann mir nicht vorstellen, daß die Elfen so dumm sind, uns allein mit ihrer Infanterie herauszufordern. Ganz sicher werden sie ihre Schützen ausspielen, um unsere Zahl nach Kräften zu dezimieren. Ich sehe aber auch keine Kavallerie, Kommandant. Wissen wir, ob sie Reiter haben?«

Der ältere Minotaurus nickte. »Sie müssen Kavallerie haben, aber ich sehe sie nicht. Verdammt sollen sie sein! Die Elfen spielen immer solche lästigen Spielchen. Warum kommen sie nicht einfach heraus und kämpfen?«

Drei Minotauren rannten zu den Offizieren, zwei weitere folgten dichtauf. Alle waren unterschiedlich weit bekleidet, aber keiner ganz zur Schlacht bereit.

Der größte, Bak, sprach zuerst. »Formieren sie sich schon zum Angriff? Große Herren des Abgrunds! Wir sind nicht bereit!«

Klaf drehte sich zu dem gewaltigen Krieger um. »Dann gib ein Beispiel, verdammt! Ich erwarte, daß eure Truppen aufgestellt sind, bevor der Feind fertig ist. Jetzt geht! *Geht!*«

Die Offiziere drehten sich um und rannten zu ihren Zelten zurück, wobei sie ihren Untergebenen bereits Befehle zuriefen.

Olik rammte die Standarte der Armee in den Boden. Es war eine zwölf Fuß lange Stange mit einem Querstück dicht unter der Spitze. Von diesem Querstück hing ein orange-rotes Banner herunter, auf dem ein schwarzer Rabe mit leuchtenden Flügelspitzen abgebildet war. Die Spitze der Stange war mit einer goldenen Speerspitze verziert, von der zwei goldene Quasten herunterhingen. Normalerweise steckte das Banner in einer Lederhülle, aber als die Hörner der Schlacht erklangen, so klar wie die Morgensonne, hatte Olik beschlossen, daß es an der Zeit wäre, das Banner zu entrollen. Das Banner würde dem Feind zeigen, daß er gegen eine mächtige Armee antrat.

Olik war gezielt als Bannerträger für die Dritte Armee ausgewählt worden, weil er jeden anderen Minotaurus der Armee um einen Fuß überragte. Seine Aufgabe bestand darin, die Standarte um jeden Preis in der Luft zu halten. Sie fallenzulassen wäre eine Schande für die Armee. Sie in die Hände des Feindes geraten zu lassen wäre das Allerschlimmste, schlimmer noch als eine Niederlage. Olik würde die Standarte mit seinem Leben verteidigen.

Die Elfen hatten angefangen, ihre Linien auszurichten und sich für den Marsch über das Feld zusammenzuschließen. Die Minotaurenoffiziere brüllten ihre Krieger an, sich zu Regimentern aufzustellen und die Reihen zu begradigen. Auf der anderen Seite des Feldes bliesen Trompeten eine Fanfare, und mit einem kräftigen Ruck setzten sich die drei Elfenkorps in Bewegung.

Noch immer kamen aus den Zelten Minotauren, die an Rüstungsteilen zerrten, nach Waffen suchten, Riemen anzogen. Offiziere und Unterführer taten alles, was in ihrer Macht stand, um die Truppen an die richtigen Plätze zu bringen.

Ein Minotaurus war stockbetrunken. Ein Offizier tauchte hinter ihm auf und schlug ihm auf den Hinterkopf, um ihn zu ernüchtern. Der Betrunkene kippte kopfüber ins Gras. Sein Offizier ließ ihn einfach zurück und schloß sich seiner Einheit an.

Olik, der immer noch das Vorrücken der Elfenarmee beobachtete, schüttelte den Kopf und warf Klaf einen Blick zu. »Wir müssen sie aufhalten, Sir, damit unsere Truppen genug Zeit haben, sich zu formieren. Wir haben noch nicht einmal unsere Schützenlinie draußen!«

Klaf schüttelte den Kopf. »Mit Bogenschützen halten wir sie nicht auf. Meine Schützen stehen nicht bereit. So ein Angriff könnte sie sogar dazu bringen, noch schneller anzurücken. Aber wenn wir ...« Er zögerte und sah zu seinem Standartenträger und Freund hinüber.

»Was, Sir?«

»Wenn wir ihnen nun Verhandlungen anbieten?« sagte Klaf.

Olik war schockiert. »Das meint Ihr doch nicht ernst, Sir! Mit Elfen verhandeln?« Er spie das Wort geradezu aus.

»Es wird sie langsamer machen«, stellte der Kommandant fest.

»Das stimmt ...« Olik war noch nicht überzeugt.

Klaf war zu einem Entschluß gekommen. »Schnell, geh zurück zur Zeltlinie und hol dir ein Stück Zeltwand und einen Speer. Du und ich und zwei Krieger gehen mit einer weißen Fahne vor. Das werden sie respektieren. Sie müssen es respektieren!«

Kopfschüttelnd trabte Olik davon. Ein paar Augenblicke später tauchte er mit einem Speer und einem weißen Tuchfetzen aus einem Zelt auf. Er rannte zur Kommandogruppe zurück.

Olik machte ein unglückliches Gesicht. »Wollt Ihr das wirklich durchziehen, Sir?«

»Wenn die Elfen uns jetzt erreichen, hacken sie uns in Stücke. Weißt du einen besseren Weg, sie aufzuhalten?«

Olik antwortete nicht.

»Also, begleite mich.« Klaf marschierte durch seine sich versammelnden Truppen. Als er an seinen Kriegern vorbeikam, schrie er einigen etwas zu, rief sie beim Namen und versuchte, die Moral zu heben.

»Bereit, ein paar Elfen zu töten, Rajan?«

»Schöner Tag zum Kämpfen, was, Bratag?«

»Schlammig genug für dich, du Riesentolpatsch Mosex?«

Die Soldaten winkten und brüllten. Klaf rückte mit seiner kleinen Gruppe durch die Linien seiner Truppen ins Freie vor, auf den Feind zu. Auf halbem Weg befahl Klaf, die weiße Fahne hochzuheben.

»Wir wollen schließlich nicht deswegen erschossen werden«, meinte Klaf. Er blickte zu seiner eigenen Armee zurück. Dort versuchten die Einheiten, ihren Platz in der Linie zu erreichen. Die angeheuerten menschlichen Langbogenschützen, die der

Armee zu einer Art Langstreckenfeuer verhelfen sollten, befanden sich zu weit auf der linken Seite. Die Schützenlinie war noch nicht aufgestellt.

Das Sirren eines Pfeils lenkte die Aufmerksamkeit der Minotaurenkrieger in Klafs Gruppe wieder auf die gegenwärtige Situation. Sie erstarrten, als der Pfeil knapp einen Fuß vor Olik in die weiche Erde fuhr. Drei Elfenoffiziere rückten vor, einer von ihnen hielt einen Speer, an dem ein weißer Schal befestigt war.

Die vier Minotauren blieben abwartend stehen. Die winzigen Pferde der Elfen schienen über das Feld zu tanzen, als sie sich näherten. In hundert Fuß Entfernung hielten die Elfen an.

Ihr Anführer stellte sich im Sattel auf und rief in der Umgangssprache: »Minotaurenkrieger! Was soll das? Ist das eine Art Trick? Oder wollt ihr tatsächlich verhandeln?«

Klaf begann zu lachen, rief sich dann aber zur Ordnung. Er schrie zurück: »Dies ist eine Verhandlung. Wir wollen reden.«

Die Elfen rückten vorsichtig vor. Alle hielten ihre Hände von ihren Waffen fern, genau wie die Minotauren. Die Minotauren wußten, daß sie in Reichweite eines oder mehrerer geübter Bogenschützen waren, die irgendwo stecken mußten. Die Elfen wußten, daß sie bei einem Bruch des Waffenstillstands diesen vier gut bewaffneten und kampferfahrenen Minotaurenkriegern im Nahkampf gegenüberstehen würden, von denen einer fast neun Fuß groß war!

Zwei der Elfen blieben auf ihren Pferden, als sie in Hörweite kamen. Der dritte stieg ab.

»Ich bin Harinburthallas, Sohn von Harinburthal. Ich habe den Befehl über den Nordflügel der Reichsarmee.«

»Ich bin Klaf, Sohn von Klak, Sohn von Krak. Ich bin der Kommandant der Dritten Minotaurischen Armee. Ich komme, um die Bedingungen für eure Unterwerfung festzusetzen.«

Der Elf machte ein erstauntes Gesicht. »Meine Unterwerfung? Seid ihr blind? Ich habe mindestens doppelt so viele Leute wie ihr. Meine Schützen sind dem menschlichen Abschaum, den ihr an eurer linken Flanke habt, weit überlegen, und eure Vorposten stehen noch immer nicht. Ohne Zweifel solltet *ihr* anbieten, euch *mir* zu ergeben!«

Klaf starrte den Elfen in gespieltem Erstaunen an. Er warf einen Blick zu Olik, der verneinend den Kopf schüttelte; sie brauchten noch mehr Zeit. Klaf machte einen Schritt auf die Elfen zu.

»Wage es nicht, die Ehre meiner Armee zu beleidigen oder die der minotaurischen Krieger. Wir sind Diener von Sargas! Ich werde mich euch nicht ergeben! Ihr habt nicht genug Ehre im Leib, um mir die Stiefel zu schnüren, geschweige denn meine Unterwerfung anzunehmen, sollte ich diese Absicht hegen.«

Er blickte wieder zu Olik. Der riesige Standartenträger schaute über die Schulter. Einen Augenblick später begegnete sein Blick dem seines Kommandanten, und er nickte bestätigend.

Klaf beendete seine Rede. »Ich sehe, daß Verhandlungen mit euch Elfen keinen Sinn haben. Ich wünsche euch an diesem Tag der Schlacht Ehre.« Er drehte sich um, und die anderen Minotauren der Gruppe taten dasselbe. Sie marschierten zu den Reihen ihrer Armee zurück.

Sobald sie dort angekommen waren, lief Olik zu Klaf hinüber. »Glaubt Ihr, sie haben Euer Friedensangebot ernst genommen?«

Klaf schüttelte den Kopf. »Ich habe von diesem General Harinburthallas gehört. Er zählt zu ihren Besten. Er weiß, daß wir Zeit schinden wollten. Er hätte die Unterbrechung ablehnen können, aber selbst Elfen haben eine Art Ehrgefühl. Allerdings sind sie zu Pferd gekommen, damit die Sache schneller geht. Siehst du, der Elfengeneral ist schon wieder bei seiner Armee.«

Klaf fiel in Trab, gefolgt von den drei anderen Minotauren. Kurz darauf passierten sie ihre eigenen Vorposten und liefen weiter zu der Lücke zwischen den Vorposten und der Hauptlinie der Infanterie. Die Vorposten waren leicht bewaffnet und gerüstet. Ihre Aufgabe war es, den ersten Ansturm der Elfen zu bremsen und sie dazu zu zwingen, frühzeitig Schlachtformation anzunehmen. Während sie sich formierten, würde die Hauptinfanterie vorstürmen und die Elfen angreifen, bevor diese dazu bereit waren.

Klaf blieb stehen und musterte seine Truppen. Die Minotaurenkrieger wurden still, als sie sahen, daß ihr Kommandant sie anschaute. Klaf griff nach dem Speer mit dem weißen Tuch, den Olik trug. Er drehte ihn um und warf ihn in den Matsch, so tief er konnte. Das weiße Tuch war fast völlig eingetaucht.

Gewaltiger Jubel brach in der ganzen Armee los, verbreitete sich aus der Mitte, wo jeder Krieger den Kommandanten sehen konnte, bis in die Flügel. Selbst die Menschen mit den Langbogen jubelten. Klaf zog seine Streitaxt aus der Halterung auf seinem Rücken und hielt sie hoch. Als er dies tat, hob Olik die Standarte hoch über seinen Kopf. Wieder brach der Jubel los.

Die kleine Gruppe passierte die vorderen Linien und stellte sich auf einer Anhöhe zwischen dem Frontkorps und dem Reservekorps auf. Der Rest des Stabs, vier Offiziere und eine Phalanx aus zwanzig erstklassigen Leibwächtern, schloß sich dem Kommandanten an.

Klaf blickte auf und sah, wie seine Vorposten losstürmten, um die Frontlinie der feindlichen Infanterie aufzuhalten. Die Mitte des ersten Elfenflügels teilte sich in einer offensichtlich geübten Bewegung. Von hinten preschte die leichte Kavallerie der Elfen heran, um sich die Vorposten der Minotauren vorzunehmen.

Der Kampf hatte begonnen.

Theros hörte das Toben der Schlacht. Von seinem Posten in der Nachhut konnte er jedoch nichts sehen. Zwischen ihm und dem Schlachtfeld standen die Zelte der Mannschaft und die der Versorgungseinheit.

Er wußte nur, daß irgend jemand ihnen irgendwie Zeit verschafft hatte. Er und Hran waren fieberhaft damit beschäftigt, alle Werkzeuge, Bänke, Ambosse und Ersatzteile einzusammeln, die zur Schmiede gehörten. Die steinerne Esse blieb, wo sie war. Ihre Kohlen waren immer noch rotglühend.

Rundherum packten auch die anderen aus der Nachhut zusammen und bereiteten sich auf den Aufbruch vor – sei es nun nach vorn oder nach hinten. Die Verpflegungseinheit auf der anderen Seite des Weges ließ von acht Menschensklaven Fleisch und andere Lebensmittel in Planwagen verladen.

Hran hielt Theros fest, als dieser die letzten Pfeilspitzen aufsammelte, an denen er vorhin gearbeitet hatte. Hran reichte Theros eine Schaufel.

»Du hast die Minotaurenarmee nur siegreich erlebt. Du hast nie gesehen, was bei einer Niederlage geschieht. Mir gefallen Sargas' Omen für die heutige Schlacht nicht, deshalb gebe ich dir folgenden Befehl:

Grab dir eine flache Grube hier neben der Esse. Wenn es hart auf hart kommt, wünsche ich, daß du dich darin versteckst. Du hast weder Rüstung und Waffen, und wenn hier gekämpft wird und du im Weg stehst, wirst du sterben. Ich sorge dafür, daß die Esse gut versorgt ist und wieder einsetzbar ist, falls wir siegen. Jetzt fang an zu graben.«

Theros haßte den Gedanken, sich in einer Grube zu verstecken, aber er mußte sich den Tatsachen stellen. Er hatte keine Möglichkeit, sich zu verteidigen. Er begann zu graben.

Hran verließ immer wieder das Feuer, das er noch weiter aufbaute, um zur Schlacht hinüberzustarren.

»Was ist denn, Hran? Was hast du?« fragte Theros.

»An deine Arbeit! Jetzt grab!« Hran suchte den Boden nach Werkzeugen oder Teilen von Rüstungen oder Waffen ab, die eingepackt werden sollten.

Hinter ihnen hob ein Donnergrollen an.

Hinter ihnen?

Kapitel 8

Klaf schlug seine von der Rüstung geschützten Fäuste gegeneinander. »Ja! Ja! Das ist es! Weiter Druck machen.«

Vom Standpunkt der Kommandogruppe aus konnten sie nur die Frontlinien klar erkennen. Die Reihen links und rechts wurden von den Truppen der mittleren Regimenter verdeckt. Die Vorposten, die draußen vor den Hauptlinien standen, hatten die gegnerischen Bogenschützen von der Front der elfischen Kampflinie vertrieben. Die meisten der Minotauren in den ersten Reihen waren gefallen, als die vorderste Linie der feindlichen Armee ihren Vormarsch unterbrochen und einen vernichtenden Pfeilhagel abgeschossen hatte. Dann hatten die Minotauren zugeschlagen. Im Nahkampf waren die Elfenschützen den Minotaurenkriegern nicht gewachsen.

Klaf konnte sehen, wie die beiden Armeen einander immer näher kamen. Beide Seiten hatten jetzt Verluste durch die Schützen. Klafs Söldner an seiner linken Flanke erreichten nun die Elfenlinien mit ihren Langbögen und überschütteten sie mit Pfeilen. Die beiden Schlachtlinien waren nur noch zweihundert Schritt voneinander entfernt.

Klaf drehte sich zum Hornisten um. »Das ist es, Junge! Blas zum Sturmangriff!«

Das Hornsignal war deutlich über das ganze Schlachtfeld zu vernehmen. Im Nu ging es im Kriegsgebrüll der Minotauren unter. Das Geräusch klang wie das Heulen der Todesfeen. Mit geschwungenen Streitäxten und Schwertern stürmten sie vorwärts, denn sie hungerten danach, die Elfen zu zerstückeln.

Die Elfen blieben bei diesem Anblick wie angewurzelt stehen. Ihre Offiziere befahlen den Reihen aufzuschließen. Die vorderste Reihe kniete sich hin und ließ einen Pfeilhagel auf die heranstürmenden, kampfeslüsternen Minotauren niedergehen. Hunderte fielen, aber es drängten auch Hunderte nach. Die Elfen bemühten sich nachzuladen. Viele ließen den Bogen fallen und zogen ihr Schwert, um sich dem Angriff zu stellen.

Als die beiden Linien aufeinandertrafen, krachten Stahl und Knochen. Allein die Größe der Minotaurenkrieger, ganz abgesehen von ihrer wahnsinnigen Kampfeslust, reichte aus, um an zahlreichen Stellen Breschen in die Frontregimenter der Elfen zu schlagen.

Klaf war sehr zufrieden. Seine schwere Infanterie machte mit dem ersten Elfenkorps kurzen Prozeß. Der Angriff hatte mehr als ein Drittel der Elfeninfanterie des ersten Korps vernichtet, jedenfalls schien es von seinem Standort aus so. Wenn er dieses Frontkorps in die Flucht schlagen konnte, würden sie durch die nachfolgenden Korps fliehen und diese ebenfalls in Panik versetzen oder zumindest ihre Reihen durcheinanderbringen. Die Moral seiner Truppen würde hochschießen wie ein Elfenpfeil zur Sonne. Der Schlüssel lag im Schock des Angriffs und der nachfolgenden Gewalt. Er mußte seine Reservearmee bereithalten.

Er schlug dem Hornisten auf die rechte Schulter. Der Lärm der Schlacht war unglaublich. Es würde schwer sein, den Ruf zu hören. Klaf schrie: »Blas zum Vorrücken!« und winkte Olik zu, die Standarte vorwärtszutragen. Die klaren Töne des Hornes hoben sich über das Getöse der Armeen.

Die Reserveeinheit begann, in das Getümmel zu marschieren.

Ein helles Aufblitzen im Zentrum der Minotaurenlinie erregte Klafs Aufmerksamkeit. Eine Explosion riß einen zehn Fuß weiten Kreis in die vorderen Reihen der führenden Minotauren. Zwanzig Krieger fielen bei der Explosion. Klaf konnte die Quelle nicht erkennen, aber er wußte, um was es sich handelte. Jeder auf dem Schlachtfeld erfahrene Kommandant kannte den Anblick von Kriegsmagie. Irgendwo da draußen war ein elfischer Kriegszauberer, und zwar nahe der Frontlinien, denn die Reichweite dieser Sprüche war unter Feldbedingungen begrenzt.

Klaf drehte sich um und winkte zweien seiner Leibwächter. »Habt ihr die Explosion da unten gesehen?« Die beiden nickten. Klaf fuhr fort: »Lauft da runter, findet diesen Elfenzauberer und reißt ihn in Stücke!«

Die beiden Krieger salutierten und rannten davon, so schnell sie konnten. Das war ihr ruhmreicher Augenblick. Sie eilten an den Kriegern des ersten Korps vorbei und drangen durch eine der Breschen des ersten Elfenkorps ein. Nachdem sie hinter den Linien des ersten Elfenkorps herausgebrochen waren, drangen sie in die Nachhut ein. Mehrere Elfen wollten sie angreifen, aber die Minotauren waren so schnell, daß die Elfen sie aus den Augen verloren.

Klafs Blick verfolgte die beiden Krieger. Wenn der Kriegszauberer weitermachte, konnte Klafs gesamter Schlachtplan ins Wanken geraten. Die Minotaurensoldaten benutzten keine Magie. Ehre und Ruhm lagen im Kampf, nicht in Zauberbüchern und Tricks.

Er entdeckte einen Elfen, der von einer kleinen, vier Mann starken Leibwächtergruppe umringt war. Klaf hatte ihn bisher nicht bemerkt, aber jetzt war er gut zu sehen. Der Elf in der Mitte mußte entweder der Kommandant des ersten Korps oder der Zauberer sein, der die Sprüche aussandte. In jedem Fall würde sein Tod den Minotauren helfen. Mit geschwungenen Äxten drangen die beiden Krieger in die Gruppe ein.

Eine weitere Explosion erschütterte die Front der Minotaurenlinie. Diesmal sah Klaf, daß der Elf in der Gruppe den Feuerball hervorgerufen hatte. Es sollte sein letzter Spruch gewesen sein. Sekunden später fiel der Zauberer. Die angreifenden Minotauren hatten die Leibwächter niedergeschlagen und hackten den Zauberer in Stücke. Elfensoldaten aus der Nachhut der Brigade kehrten um und stellten sich den beiden Elitekriegern. Noch vier weitere Elfen fielen, ehe die beiden Minotauren getötet wurden. Klaf nickte zufrieden. Die Krieger hatten ihre Mission erfüllt und einen äußerst ehrenvollen Tod gefunden.

Auf der ganzen Linie schlugen sich Elfen und Minotauren. Die Minotauren hatten jedoch die Oberhand. Ihre Größe und Kampfkunst überstieg die elfische Gewandtheit mit dem Schwert. Der große Vorteil der Elfen, ihre Schießkunst, war im Nahkampf nutzlos. Dennoch zahlten die Minotauren den Preis der Schlacht. Viele Krieger fielen im Kampf. Ihr Tod spornte ihre Kameraden nur zu um so größerer Härte an.

Theros grub schneller. Der Donner grollte über das Gelände. Die Quelle des Geräuschs lag hinter ihnen. Er blickte auf und sah, wie sich Hran seine große Streitaxt auf den Rücken schnallte. Jetzt erkannte Theros das Geräusch – es war das Donnern von Pferdehufen.

Hran hakte die Waffe aus ihrer Halterung los und prüfte ihr Gewicht. Es war eine gut ausbalancierte Waffe, die von oben bis unten mit eingeschnitzten Zeichen, Symbolen und Schlachtszenen verziert war. Unter Theros' erstaunten Augen trat Hran auf den Weg hinaus und brachte seine Axt in Kampfposition.

Ein weißer Hengst mit Schutzpanzer brach aus dem Wald und jagte an Hran vorbei. Auf dem Pferd saß ein Elfenreiter mit einer Rüstung, das Schwert hocherhoben

Ein zweiter und ein dritter galoppierten an Hran vorbei, ohne nahe genug zu kommen, um ihn zu behelligen. Der vierte Reiter stieß einen elfischen Schlachtruf aus und hielt direkt auf den Schmied zu. Das Pferd drohte den Minotaurus umzurennen, aber im letzten Augenblick wich Hran geschickt zur Seite aus und schwang seine Streitaxt vor das Tier, um ihm die Brust aufzureißen. Das Tier überschlug sich nach vorn und warf dabei seinen Reiter ab. Bevor dieser wieder zu sich kam, senkte Hran seine Axt in den Rücken des Elfen. Dann zog er seine Axt zurück, jedoch fast zu spät.

Elfenkavallerie strömte durch das Lager und tötete alles, was sich bewegte. Nur wenige der Minotauren leisteten Widerstand. Hran war einer von ihnen.

Ein Reiter kam um die Seite des Wagens. Er schwang ein glänzendes Schwert nach Theros, der beinahe seinen Kopf an den Elfen verloren hätte. Das Pferd war gezwungen, über die Esse zu springen, wodurch der Schlag des Reiters danebenging.

Theros, der sich verzweifelt eine Waffe wünschte, konnte sich nur noch kopfüber in die flache Grube werfen. Fast augenblicklich tauchte er wieder auf, denn er wollte sehen, wie es Hran erging, aber die Esse war im Weg.

Immer noch kamen Elfen. Einer ritt mit einer brennenden Fackel vorbei und warf sie auf den Schmiedewagen. Das Pech der Fackel spritzte über die hölzernen Seiten, die sofort Feuer fingen. Innerhalb von Sekunden stand die ganze Wagenseite in Flammen. Selbst das nasse Zelttuch, das sie aufgerollt hatten, geriet in Brand.

Theros kam gerade rechtzeitig auf die Knie, um ein zweites Pferd mit Rüstung auf sich zupreschen zu sehen. Wieder warf er sich auf den Boden. Pferd und Reiter flogen über die Esse und galoppierten weiter, wahrscheinlich ohne den Menschensklaven überhaupt zu bemerken, der sich dort versteckte.

Theros stand wieder auf. Jetzt war das Donnern der Hufe hinter ihm und entfernte sich in die Richtung der Armee, die auf dem Feld kämpften. Plötzlich herrschte Stille. Theros sah sich um. Der Wagen mit der gesamten Schmiedeausrüstung brannte lichterloh.

Hran stand auf dem Weg. Aus seiner Schulter ragte ein Pfeil, den er jedoch nicht beachtete. Eine Gruppe berittener Elfen kehrte um und jagte durch das Lager zurück, um diejenigen zusammenzutreiben, die vor ihnen davonrannten, und sie dann niederzumähen. Hran verharrte dort, wo er stand.

Der erste aus der schweren Kavallerie der Elfen stürmte geradewegs auf Hran zu. Ohne Waffe konnte Theros dem ungleichen Kampf nur zusehen. Der Elf brüllte einen Kriegsschrei und stieß mit seiner dünnen Lanze zu. Hran versuchte, dem Stoß auszuweichen, wie schon zuvor. Diesmal war er zu langsam. Die Lanze durchstieß seine Lederrüstung und riß seine Seite auf. Blut spritzte heraus. Hran hielt sich mit einer Hand die Seite, zog aber mit der anderen die Axt hoch. Er holte zu weit aus; der Reiter war vorbeigeprescht.

Der Elf hinter dem ersten kam mit demselben Manöver an, hielt jedoch die Lanzenspitze zu tief. Hran schlug die Lanzenspitze unmittelbar vor sich auf die Erde. Der Elf wurde aus dem Sattel katapultiert, ehe er wußte, wie ihm geschah. Das Pferd rannte vorbei, und der Elf fiel wenige Fuß rechts von Hran auf den Boden. Der humpelte rasch hinüber und bettete seine Axt in den Kopf des Elfen, so daß Blut, Knochen und Gehirn nur so spritzten.

Hran stürmte vorwärts, um sich dem nächsten berittenen Elfen zu stellen. Dem Minotaurus lief das Blut aus der Seite, und seine Kräfte ließen nach. Der Elf ließ die Lanze sinken und zog sein Schwert. Als Hran näherkam, zügelte der Elf sein Pferd, worauf es sich aufbäumte. Hran griff den Bauch des Tieres an, war jedoch zu langsam. Der Blutverlust und die Anstrengung waren einfach zu viel für ihn. Das Pferd trat Hran vor die Brust, worauf er rückwärts hinschlug.

Der Elf sprang vom Pferd und rannte los, um dem Schmied den Rest zu geben, solange er lag. Der Elf holte weit aus und zog dann sein Schwert herunter, doch Hran rollte zur Seite. Taumelnd kam er auf die Beine, aber der Elf war bereit. Er stieß mit seinem Langschwert zu und traf Hran ins Herz.

Hran sah auf die Wunde. Er versuchte, seine Axt hochzuheben, aber sie rutschte ihm aus den Händen. Der Elf zog sein Schwert zurück, und Hran kippte mit dem Gesicht voran auf die Erde. Der Elf rannte seinem Pferd nach. Der Rest der Elfenkavallerie war bereits auf der anderen Seite des Lagers.

Theros wurde von plötzlicher Wut geschüttelt. Er eilte an Hrans Seite, rollte den großen Minotaurus herum und zog seinen Oberkörper hoch. Hran starrte unbewegt auf das zerstörte, brennende Lager. Er war tot.

Tränen, die körperlicher Schmerz ihm nicht entlocken konnte, stiegen Theros in die Augen. Hran, sein Gebieter, war ihm Mentor und Freund gewesen.

Auf dem Weg lagen die Leichen von acht Elfenkriegern. Theros schleppte Hran von der Esse zu der flachen Grube, die dem jungen Mann das Leben gerettet hatte. Hran war gestorben wie ein echter Krieger. Er hatte acht der besten Elfen getötet, die die Silvanestination zu bieten hatte.

Theros begann wieder zu graben. Bei der Arbeit stieg Zorn in ihm auf. Es war kein ehrenhafter Schachzug gewesen, der Hran das Leben gekostet hatte. Die Elfen waren ihnen gezielt in den Rücken gefallen und hatten die Nachhut angegriffen, während die Haupttruppen der Minotauren auf dem Feld kämpften. Als er zum Versorgungswagen hinübersah, stellte er fest, daß die Elfen die Menschensklaven ebenso abgeschlachtet hatten wie die Minotauren, obwohl die praktisch unbewaffnet gewesen waren.

Es war der Plan eines Feiglings gewesen. Eines Feiglings ohne Ehre.

Theros grub weiter.

Kapitel 9

Klaf drehte sich um und hob seine gewaltige Streitaxt. Er rannte vorwärts, und der Rest der Kommandogruppe folgte ihm. Das Reservekorps begann zu jubeln, und auch sie stürmten los, um die Entfernung zwischen ihrem Standort und den vorderen Linien zu schließen.

»Sorg dafür, daß sie die Standarte da oben sehen können«, befahl Klaf. »Laß dich bloß nicht von einem Elfenhitzkopf umbringen.«

Olik brüllte einen Schlachtruf und hielt die Standarte hoch. Mit der anderen Hand schwang er ein ausgezeichnetes Langschwert. Ursprünglich stammte es aus Solamnia, war aber inzwischen mit den Symbolen von Oliks Clan verziert.

Es herrschte ein schreckliches Getöse. Klafs Leibwächter bahnten dem Kommandanten und Olik einen Weg. Zwei Elfen entdeckten das Banner und stürmten auf die Standarte zu. Wenn sie fiel, wäre die Moral der Minotauren vielleicht gebrochen, und der Tag würde den Elfen gehören.

Einer der Elfen wurde sofort von einem Minotaurenschwert niedergestreckt. Der andere Elf durchbrach den Kreis. Mit einem lauten Schrei erhob er eine verzierte Klinge hoch über seinen behelmten Kopf. Olik hielt stand. Er stemmte einen Fuß fest auf die Erde und trat mit dem anderen nach vorn, sobald der Elf in Reichweite kam. Sein Fuß zertrümmerte die Vorderseite des Helms und das Gesicht des Elfen, der zusammensank wie ein Sack Blätter, und Klaf schlug mit der Axt auf ihn ein.

Plötzlich ergriffen die Elfen die Flucht.

Viele warfen die Waffen weg und rannten. Innerhalb von Sekunden waren die einzigen verbliebenen Elfen die Toten oder jene, die zwischen den gefallenen Körpern der Minotaurenkrieger gefangen waren. Diese reihten sich bald in die Scharen ihrer toten Kameraden ein. Die Minotaurenstreitmacht brach in lauten Jubel aus.

Aber ihr Jubel war kurzlebig und legte sich bald. Verwirrt sah Klaf sich um. Er drehte sich zweimal um sich selbst, dann wurde ihm klar, was geschehen war.

Vor ihm, fünfhundert Schritt entfernt, standen zwei frische elfische Infanteriekorps, wahrscheinlich schwere Infanterie, unterstützt von Bogenschützen. Hinter sich konnte er Rauchschwaden am Himmel sehen. Zwischen ihm und seinem Lager stand die schwere Kavallerie der Elfen.

Die Stille, die sich über die Minotaurenarmee gesenkt hatte, wurde abrupt unterbrochen, als die Offiziere ihren Truppen befahlen, sich wieder aufzustellen. Die Minotauren reagierten langsam. Augenblicke zuvor waren es die Elfen gewesen, die mit zerstörter Moral vom Feld gerannt waren, gejagt von den Siegern. Jetzt waren es die Minotauren.

Klaf sank das Herz. Er erkannte, daß er seine Armee in eine Falle geführt hatte. Die Elfen hatten den Minotauren absichtlich eine unterlegene Armee vorgesetzt, damit diese sich ganz auf die Frontschlacht konzentrierten. Von hinten hatte die Elfenkavallerie die Nachhut abgeschlachtet und drohte nun die Minotauren einzukesseln.

Das Geräusch, das er kannte und fürchtete, kam von den Elfenlinien her über das Feld herübergeweht. Zu Tausenden flogen die Pfeile über den heller werdenden Himmel auf die Armee zu. Noch ehe sie trafen, folgte ein zweiter Pfeilhagel.

Die erste Salve hatte bereits einen vernichtenden Erfolg. Da die Minotauren keine nennenswerten Rüstungen trugen, halfen ihre Lederpolster und Schilde nicht gegen gut gezielte Pfeile. Entsetzt sah Klaf, wie überall um ihn herum die Krieger fielen.

Er schwang die Streitaxt über seinen Kopf und begann mit

einem tiefen Grollen, das langsam zu einem heulenden Kriegsgeschrei wurde. Allein sprang er vorwärts und eilte der elfischen Infanterie entgegen.

Seine Krieger standen schweigend da und sahen wie vom Donner gerührt zu. Olik, der plötzlich erkannte, daß dies der einzige Weg zu einem ehrenvollen Tod war, klemmte die Standarte wie eine Lanze unter den Arm und jagte seinem Kommandanten nach.

Die Minotaurenarmee ging zum Sturmangriff über.

Nach hundert Schritten war ein Viertel von ihnen von Pfeilen niedergestreckt worden. Die anderen liefen weiter.

Nach zweihundert Schritten lag das nächste Viertel sterbend im Matsch, aber der Rest lief weiter. Auf diese Entfernung hatten die Pfeile weniger Durchschlagskraft.

Nach vierhundert Schritten waren die restlichen Minotauren schon ziemlich erschöpft. Doch immer noch rannten sie weiter. Was sie taten, konnte sie nur umbringen, aber der einzige Weg zur Ehre lag hundert Schritt vor ihnen.

Klafs Angst vor einer ehrlosen Niederlage drängte ihn weiter. Er kreischte und schwang in weit ausholenden Bewegungen seine Axt. Zwanzig Schritt hinter ihm rannte Olik, der ins Stolpern kam. Ein Pfeil ragte aus seiner Brust. Der riesige Minotaurus schüttelte den Kopf, riß den Pfeil heraus, warf ihn auf den Boden und schloß mit Klaf auf.

Klaf erreichte die Elfenlinie als erster. Die Elfen drängten sich in enger Verteidigungsformation aneinander, aus der ihre Schwerter und Speere herausragten. Klaf starb fast augenblicklich, aber im Fallen riß er vier Elfen nieder und durchbrach damit die Linien.

Olik folgte seinem toten Kommandanten in dieses Loch. Mit einer Hand schwang er sein Schwert, mit der anderen benutzte er die Armeestandarte als Keule. Vier, sechs, acht Elfen fielen dem Hünen zum Opfer. Weitere Elfen drängten vor, nur um in Stücke gehackt zu werden. Schließlich schossen zwei Bogenschützen je vier Pfeile in den mächtigen Leib des Kriegers.

Selbst da schwang Olik immer noch Standarte und Schwert. Schließlich sank er auf die Knie und kippte vornüber auf den Boden.

Die Standarte fiel. Mit ihr fiel die Minotaurenarmee.

Die Minotaurenarmee hatte einen wenig edlen Tod erlitten. Vielleicht ein Zehntel der Minotauren, die die Schlacht begonnen hatten, waren noch am Leben. Sie standen als Gefangene der Elfen zusammen. Der Tod hatte jedoch nicht nur auf der Seite der Verlierer seinen Tribut gefordert. Hunderte von Elfen lagen auf dem Feld herum, wo sie zerhackt und totgeschlagen worden waren.

Es war unklar, ob die Elfen größere Verluste hatten, aber das zählte nicht. Sie hatten den Tag für sich entschieden. Das drohende Eindringen der Minotauren in ihre Küstengebiete war wirksam verhindert worden. Jetzt mußte nur noch der Rest der feindlichen Truppen erledigt werden.

Die gefangenen Minotauren wurden zu einer großen Gruppe zusammengetrieben und von Elfenkriegern und Schützen umstellt. Alle Gefangenen sahen niedergeschlagen aus, denn der Ehrverlust lastete schwer auf ihnen.

Die überlebenden Elfen suchten das Schlachtfeld nach toten und verwundeten eigenen Kriegern ab. Die Toten wurden zum Waldrand zurückgetragen und mit ihren Waffen und den Waffen der toten Minotauren als Trophäen neben sich niedergelegt. Die Verwundeten wurden zu einer rasch erbauten Krankenstation weiter hinten gebracht. Dort versahen die Heiler ihr Handwerk, manche mit geheimen Kräutern und dem Wissen um ihre Anwendung, andere mit den gewaltsamen Tätigkeiten des Knochenrichtens und Fleischschneidens und dem Brandeisen zum Blutstillen. Die Heiler hatten an diesem Tag viel zu tun.

Die Minotauren, die man noch lebend, aber schwer verwundet antraf, wurden schnell getötet. Für lebende Minotauren hatten die Elfen nichts übrig. Aber die Gefangenen konnten den Obersten Kreis der Minotauren vielleicht als Tauschmittel zu gewissen politischen Zugeständnissen bewegen.

Als alle verwundeten Elfen gefunden und zu den Heilern gebracht worden waren, begannen die Soldaten mit der monumentalen Aufgabe, ihre eigenen Toten zu begraben und die Minotaurenleichen zu verbrennen.

Harinburthallas, der Kommandant der Elfenarmee, befahl einem Regiment, das jetzt weniger als zweihundert Elfensoldaten umfaßte, das Minotaurenlager zu säubern. Der Regimentskommandant, Llantoes, stellte seine Soldaten hintereinander auf und marschierte mit ihnen über das Feld. Sie kamen am Schauplatz des ersten Zusammentreffens vorbei. Die Toten waren fortgebracht worden, aber die Erde war blutrot, und ein Wald von Pfeilen, die noch im Winkel ihres Auftreffens herausragten, stand dort wie vom Wind niedergedrücktes Stroh. Der Schlamm war zäh. Die Soldaten kamen nur mühsam voran.

Im Bereich der Nachhut hatten weniger als zwanzig Minotauren überlebt; mehr war nicht übrig von der mächtigen Armee. Die meisten verließen ihre Posten und verschwanden in den Wäldern, wo sie davonzukommen hofften. Auch mehrere Dutzend Menschensklaven lebten noch, unter ihnen Theros.

Überall brannte es. Das Lager war vollständig zerstört. Von seinem Standort aus konnte Theros die brennenden Verpflegungswagen und den Platz des Quartiermeisters sehen. Minotauren gab es nicht, nur die, die bei der kurzen Schlacht mit der Elfenkavallerie gefallen waren.

Theros stützte sich kurz auf seine Schaufel, um Luft zu holen. Der Boden war die ersten paar Fuß weich, dann wurde er zu festem, hartgepreßtem Lehm. Das Graben ging nur langsam voran.

Die Luft war vom Geruch nach brennendem Holz und Zelttuch durchzogen. Rauch stieg auf und verhängte den wolkigen Himmel. Im Westen war der Himmel blau, was jedoch durch den dichten Schleier aus schwarzem, übelriechendem Rauch nur hin und wieder zu erkennen war. Der Qualm drang Theros in Nase und Hals. Er band ein Stück Stoff um sein Gesicht, um ihn ein wenig abzuhalten.

Dann ging er wieder ans Graben. Seine jungen Arme zitterten vor Anstrengung. Die Schaufel drang nur wenige Fingerbreit in das harte Erdreich ein. Mühsam zog Theros die Schaufel zurück, und ein ziegelsteingroßes Stück Lehm löste sich. Er bückte sich, hob es auf und warf es beiseite. Das tat er wieder und wieder.

Schließlich stand er fünf Fuß tief in dem Loch. Tief genug. Und wer wußte schon, wieviel Zeit er noch hatte, bevor die Elfen ihn fanden. Er warf die Schaufel zur Seite und stieg hinaus. Hran lag mehrere Fuß seitlich des Grabens.

Mit Rüstung und Waffen wog Hran an die dreihundertfünfzig Pfund. Theros schleppte den Körper an das frisch geschaufelte Grab und rollte ihn hinein. Dann stieg er selbst hinunter und legte den Leichnam in der ruhigen Stellung des Todes zurecht. Er schloß ihm die Augenlider, zog den Körper gerade und verschränkte ihm die Arme über der Brust. Es war nicht genauso, wie ein Minotaurus den Toten geehrt hätte, aber es kam dem so nahe, wie es der junge Mann vermochte. Er stieg wieder hinaus und stand schweigend da.

Der Minotaurus war ein strenger Herr gewesen, aber Theros hatte in den letzten Monaten viel von ihm gelernt.

»Sargas, höre mich«, begann er und sprach ein stilles Gebet für Hran.

Huluk, der Kommandant der Nachhut, hockte hinter einigen Wasserfässern. Neben ihm hockte Nevek, ein Minotaurenkrieger.

Nevek schüttelte den Kopf. »Wir müssen weg von hier. Wenn wir jetzt nicht verschwinden, werden wir getötet oder gefangengenommen wie der Rest.«

Huluk schnaubte. »Das war unsere Armee, die da draußen gerade zerschlagen wurde. Sargas erschlage uns! Wir hätten da draußen sterben sollen wie der Rest. Wir hätten kämpfen sollen wie die wahren Krieger, die sie waren.«

»Ja, Sir. Seht mal, Sir, unsere Armee gibt es nicht mehr. Wir haben die Pflicht, das Dorf an der Küste und den Obersten Kreis zu warnen. Unsere Ehre besteht darin, von dem tapferen Opfer zu berichten, das unsere Krieger heute erbracht haben.«

Huluks Gesicht verzerrte sich vor Wut. Dieser unverschämte, kleine Kerl erzählte ihm, einem erfahrenen Offizier und kühnen, mehrfach ausgezeichneten Krieger etwas über Ehre. »Du! Du weißt nichts von Ehre! Warst du je siegreich in der Schlacht? Du …«

Der Offizier brach ab. In gewisser Hinsicht hatte der junge Minotaurus recht; jemand mußte über die Ereignisse des Tages berichten. Huluks Gedanken überschlugen sich. Er hatte den Tod vieler Krieger mitangesehen, die er kannte und schätzte. Er hatte sein Kommando bei einem Überraschungsangriff schwerer Kavallerie verloren. Man würde ihn für dieses Versagen zur Rechenschaft ziehen, das stand fest. Aber vielleicht *gab* es eine Möglichkeit, seine zerschlagene Ehre wiederzuerlangen …

Nevek brachte Huluk ins Hier und Jetzt zurück. »Sir, die Elfen kommen in unsere Richtung!«

Huluk sprang auf und spähte über die Fässer. Während er dagesessen und überlegt hatte, war eine Abteilung Elfenkrieger auf sie zumarschiert. Sie waren noch höchstens zweihundert Schritt entfernt.

Huluk traf seine Entscheidung.

»Du hast durchaus recht, junger Krieger. Wir müssen zurück und die Garnison im Dorf warnen. Aber vorher brauchen wir ein paar Dinge. Es ist eine Reise von vier Tagen. Sammle Waffen auf und alles, was uns nützen kann.«

Nevek nickte. »Ich nehme so viele Wasserschläuche, wie ich finden kann. Die Wasserfässer hier sind voll. Ich versuche auch, etwas zu essen aufzutreiben. Schnell, Sir, sie sind fast da!«

Huluk nickte. »Gut. Wir treffen uns am anderen Ende des Lagers am Zelt des Waffenschmieds – oder was davon noch übrig ist. Los!«

Nevek rannte los. Huluk eilte durch das brennende Lager zurück. Der zerrissene Brustpanzer schlug ihm gegen den Pelz. Kurz vor den Versorgungswagen, deren Flammen langsam niedriger wurden, hielt er an und ruckte kräftig an der Rüstung. Die Lederriemen rissen, und der Panzer fiel auf den Boden.

»Nutzlos. Verdammter Sklave.«

Er bückte sich und zog seine Axt aus dem Rückenharnisch, der an der zerrissenen Rüstung befestigt war. Er würde sich einen neuen besorgen müssen.

Im Umkreis der Versorgungswagen lagen überall Leichen von Minotauren und Menschen herum. Auf dem Weg waren mehrere Elfen mit ihren Pferden getötet worden. Immerhin waren einige Feinde bei dem kurzen Kampf gefallen. Huluk durchstreifte das Chaos. Neben den Wagen stand ein Stapel Kisten mit Lebensmitteln. Er durchsuchte sie. Die Kisten enthielten hauptsächlich rohes Fleisch und Gemüse, etwas Fisch und ein Kästchen mit Gewürzen, die das Essen länger haltbar machten. Die unterste Kiste enthielt Schiffszwieback. Er wühlte auf dem Zeltplatz herum und fand einen Stoffbeutel, den er zur Hälfte mit Nahrungsmitteln füllte.

Als nächstes die Waffen. Er mußte seine Axt mitnehmen, aber er hatte nichts, worin er sie tragen konnte. Ein Bogen wäre gut. Schwert und Scheide wären ebenfalls hilfreich. Er durchquerte den Versorgungsabschnitt und betrat das Gebiet der Schmiede. Dort, wo das Zelt gestanden hatte, stand ein Amboß, umgeben von mehreren Metallpfosten. Die steinerne Esse befand sich immer noch in der Mitte des Zeltplatzes. Ihre Kohlen kühlten allmählich ab.

Huluk nahm eine Bewegung zu seiner Linken wahr.

Ein junger Man trat hinter der Esse hervor. Er war schmutzig, seine Kleider blutbeschmiert. Huluk erkannte den Menschen als Hrans Sklaven – derselbe Sklave, der so stümperhaft an seiner Rüstung gearbeitet hatte.

Huluks Schläfenadern pochten vor Wut. Hier, mitten in diesem Blutbad und der Vernichtung einer ganzen Armee, wo jeder andere tot oder verschwunden war, war das einzige ansprechbare Wesen der Idiot, der seine Rüstung ruiniert hatte.

Die Dringlichkeit der Lage ließ ihm keine Zeit für den Luxus, seinen Ärger und seine Angst an diesem Menschensklaven auszulassen. »Du da! Hilf mir hier! Ich brauche zwei Bögen, Köcher mit Pfeilen, ein Schwert und alles andere, was du hast, das mir helfen kann. Schnell! Ich brauche das alles sofort!«

Theros drehte sich zu dem fast ausgebrannten Wagen um. Er hob einen Stock auf und begann, die Reste der Ladung zu durchstöbern.

Huluk tat mit seiner Axt dasselbe. Das meiste, was sie fanden, waren Werkzeuge oder Teile von Werkzeugen, die verbrannt waren, so daß ihre hölzernen Anteile nicht mehr zu gebrauchen waren. Ein Bogen oder Pfeile oder sonst etwas Brauchbares war nicht zu entdecken.

»Tut mir leid, Sir, das ist alles, was übrig ist«, sagte Theros. »Wir hatten ohnehin sehr wenig Bögen. Sie sind wohl – wartet!«

Theros rannte zu dem Weg hinüber, wo einige Elfen gefallen waren. Zwei Pferde lagen neben ihren Reitern tot auf dem Boden. Unter einem der Sättel zerrte Theros einen elfischen Kurzbogen hervor. Mit einem zweiten Ruck bekam er einen Köcher voller Pfeile frei. Er hielt sie für den Minotaurenoffizier hoch.

In einiger Entfernung rief eine hohe Stimme in der Umgangssprache: »Du! Ja, du! Du wirst sterben, weil du einen toten Elfenkrieger geschändet hast!«

Theros drehte sich um und sah vier elfische Infanteristen mit gezogenen Schwertern auf sich zulaufen. Er sah zu dem Offizier zurück, der den Ruf ebenfalls gehört hatte. Huluk duckte sich hinter die Überreste des immer noch brennenden Wagens.

Huluk wartete, die Axt bereit. Theros rannte zu ihm zurück und kniete sich neben den Offizier. Er hörte den leichten Tritt weicher Lederstiefel. Huluk wartete weiter ab. Als der erste Elf mit gezücktem Schwert um die Ecke des Wagens bog, schwang Huluk seine Axt in einer Rückhandbewegung. Die perfekt gearbeitete Klinge riß dem Elfen die Brust auf, schlug sie ein und schleuderte den Angreifer auf den Rücken.

Huluk sprang ins Freie, wo er ungehindert kämpfen konnte. Er wechselte die Axt von einer Hand in die andere. Der zweite Elf stürmte auf den großen Minotaurus zu. Huluk lehnte sich einfach zur Seite, stellte dem Elfen ein Bein, als dieser vorbeisprang, und ließ seine Axt auf den Helm des Soldaten niederfahren. Der Elf starb wie ein Blatt im Feuer.

Die anderen beiden Elfen umkreisten den Minotaurus, der sich noch abmühte, seine Axt aus dem Körper des toten Elfen zu ziehen. Ein Elf griff an. Huluk wich aus, wie es nur ein erfahrener Minotaurus konnte, und verwandelte einen tödlich gemeinten Schlag in eine schmerzhafte Schnittwunde an der Seite. Blut lief aus der Wunde. Huluk geriet in Wut.

Er befreite seine Axt durch einen gewaltsamen Ruck und drehte sich zu dem Elfen um, der ihn gerade verwundet hatte. Der Elf erbleichte. Huluk hob seine Axt, als ob er angreifen wollte. Der Elf bereitete sich augenblicklich auf den Schlag vor, denn er hoffte, dem Angriff des riesigen Minotaurus ausweichen zu können. Statt dessen stieß Huluk den Arm, der die Axt hielt, nach vorn. Der Elf erfuhr nie, was ihn getroffen hatte. Die Axt drang dem Elfen in die Brust und zerschmetterte sie.

Der vierte Elf verlor keine Zeit. Er stürmte auf den Minotaurus los, solange dieser noch nicht wieder im Gleichgewicht war. Der Schlag traf gut, und der Minotaurus fiel zu Boden. Der Elf zog sein Schwert herunter, aber Huluk wich dem Schlag aus, indem er zur Seite rollte. Der Elf war zu nahe, als schnell genug reagieren zu können.

Huluk trat seinem Gegner gegen die Stiefel und schlug ihm

so die Beine weg. Sofort war der Minotaurus über dem Elfen und nagelte ihn am Boden fest. Der Minotaurus wog leicht doppelt oder dreimal soviel wie der Elf. Huluk legte dem Soldaten die Hände um den Hals und erdrosselte ihn.

Nach dem Todesröcheln kam Huluk wieder auf die Beine. Seine Seite blutete heftig.

Theros riß sich das Hemd vom Leib und drückte es dem Minotaurus gegen die Seite. Sobald Huluk den Stoff selbst halten konnte, stieß er Theros weg und hob seine Axt wieder auf.

»Dort, wo du hingehst, wirst du die nicht brauchen, Minotaurus.«

Huluk und Theros drehten sich nach dem Sprecher um. Ein Elfenoffizier in vergoldeter Rüstung mit goldenen Schnallen stand auf dem Weg, begleitet von acht Elfenkriegern, jeder mit einem Bogen. Acht Pfeilspitzen zeigten auf die beiden.

Huluk ging auf den Elfen zu. Als er dies tat, begannen die Elfenkrieger, den Minotaurus einzukreisen, bis sie ihn umringt hatten.

Der Elfenoffizier lachte. »So weit ist es also gekommen, was, Krieger? Wir Elfen, so klein im Vergleich zu euch riesigen Ungeheuern, haben eure Armee zerschlagen. Unser Sieg ist das Ergebnis gut geschliffener Militärs. Wir sind keine Unfälle der Götter wie eure schreckliche Ausgeburt einer Rasse, wie die alte Schrift es lehrt. Wir sind die Erstgeborenen, die Reinen. Ihr seid eine Rasse von Mißgeburten!«

Huluk atmete langsam, denn die Wunde in seiner Seite schmerzte, obwohl sie sich bereits schloß. Es war keine tiefe Wunde, aber der Blutverlust schwächte ihn.

»Was soll das, Elf?« begehrte Huluk auf.

Der Elf verspottete den Krieger. »Was das soll? Ich will, daß du mich angreifst. Du bist doch Offizier dieser ach so mächtigen Armee? Ich will meinen Offizierskameraden die Hörner eines Offiziers als Beute mitbringen, deshalb will ich, daß du mich angreifst.«

Huluk rührte sich nicht.

Der Elf unmittelbar hinter ihm schoß dem Minotaurus einen Pfeil ins Gesäß. Huluk zuckte bei dem unerwarteten Schmerz zusammen und heulte wie ein Wolf in einer Vollmondnacht.

Die Elfen lachten. Sie quälten ihre Beute, bevor sie sie töteten. Den Menschensklaven hatten sie vergessen.

Schweigend und vorsichtig näherte sich Theros mit langsamen Bewegungen Hrans Grab. Seine Schaufel stand noch da, wo er sie zurückgelassen hatte, und ragte aus dem Schlamm heraus. Theros faßte sie am Griff und kehrte an Huluks Seite zurück.

Huluk konnte kaum noch stehen; der Schmerz der Pfeilwunde machte ihn verrückt. Er ließ die Axt fallen, griff nach dem Pfeil, der aus seinem Hinterteil ragte, und versuchte, ihn herauszuziehen.

Der Elfenoffizier amüsierte sich köstlich. »Was haben wir denn da? Ein kleiner Menschensklave kommt seinem Meister mit einer Waffe aus alter Zeit zu Hilfe, der mächtigen Schaufel von Palanthas!« Die Elfen lachten und genossen das Schauspiel, das sich extra für sie hier abspielte.

Theros drehte sich einmal im Kreis, musterte seine Gegner und schätzte seine Chancen ein. Sie standen gleich Null. Er wandte sich wieder dem Elfenoffizier zu. Er hatte sich nie wirklich als Sklave betrachtet, nicht einmal nach all diesen Jahren der Knechtschaft. Schließlich hatte er darum gebeten, die Minotauren begleiten zu dürfen. Wenn sie auch nicht freundlich gewesen waren, hatten sie ihn wenigstens nie gequält, was diese Elfen ganz sicher tun würden. Er wollte frei sein, sicher, aber er wollte Freiheit zu seinen Bedingungen.

Theros starrte dem Elfenoffizier in die Augen. »Du hast keine Ehre, Elf. Wenn du welche hättest, würdest du mit mir kämpfen wie ein Krieger.«

Der Elfenoffizier lachte so laut, daß er kaum noch stehen konnte. »Oh, das gefällt mir! Ein Menschensklave fordert mich zum Zweikampf heraus. Also gut, ich werde die Hörner eines Minotaurus und den Kopf eines Menschen bringen. In Ordnung, laßt ihn vortreten. Ich nehme deine Herausforderung an, Menschensklave!«

Die anderen Elfen wichen zurück, hielten ihre Pfeile jedoch weiter auf den verwundeten Minotaurus gerichtet. Theros hielt die Schaufel mit beiden Händen fest und begann, den Elfenoffizier zu umrunden. Der Elf zog sein Schwert aus einer Scheide, in die Edelsteine eingelassen waren, und die Klinge blitzte im Sonnenlicht. Der Elf umtänzelte Theros. Als er das zweite Mal den Kreis schloß, stieß er zu.

Der Stoß kam so schnell, daß Theros weder parieren noch reagieren konnte. Ein Schnitt klaffte in seinem Oberarm. Die Klinge glänzte und pfiff und verpaßte Theros zwei weitere solcher Wunden. Theros versuchte, mit dem Schaufelblatt zuzuschlagen, aber der Elf wich ihm leichtfüßig aus.

Ihre Vorführung war höchst unterhaltsam, jedenfalls fanden das die Elfen. Sie lachten und jubelten, als der Kampf weiterging.

Theros wußte, daß der Elf nur mit ihm spielte. Sobald sein Gegner den Kampf leid war, würde er Theros mit seiner Klinge durchbohren, ohne daß dieser ihn aufhalten konnte.

Der unterlegene Theros drehte sich mit dem Elfen mit. Er hatte einen Plan. Der Elf täuschte einen Stoß nach seiner Brust vor, schlitzte dem jungen Mann jedoch statt dessen die Hüfte auf. Theros ignorierte den Schmerz.

Er ließ die Schaufel sinken, und der Elf glaubte, er würde aufgeben. Statt dessen kratzte er mit der Schaufel über die Erde, zog sie hoch und warf dem Elfen Staub und Dreck ins Gesicht. Geblendet keuchte der Elf auf. Er rieb sich mit beiden Fäusten die Augen, um sie zu säubern. Theros stieß mit dem Stielende der Schaufel zu und traf den Elfen mitten ins Gesicht. Der Offizier fiel auf den Rücken, und sein Schwert segelte in hohem Bogen durch die Luft.

Theros trat zurück. Das Schwert landete dicht neben ihm auf dem Weg. Der Elf setzte sich auf und schüttelte den Kopf, während er mit den Fingern seine gebrochene Nase hielt. Die anderen Elfen hoben ihre Bögen, um den arroganten Menschen zu erschießen.

»Halt! Die Waffen nieder!« rief der Elfenoffizier mit nasalerer Stimme als sonst, was an seiner Verletzung lag.

Theros stieß seine Schaufel in die Erde. Er hob das Elfenschwert auf und schwang es prüfend durch die Luft.

»Das ist wirklich eine schöne Waffe, Herr Elf. Die Klinge ist perfekt ausbalanciert. Ich bewundere solche Handwerkskunst.«

Theros reichte dem Offizier das Schwert mit dem Heft voran.

Der Elf hielt inne. Anscheinend überlegte er, ob er seine Männer jetzt schießen lassen sollte. Dann nahm er die Klinge mit betretenem Lächeln und einem Schulterzucken entgegen und umfaßte den Griff mit blutiger Hand.

»Du hast einen Elfenkrieger aus dem Silberbirkenkreis besiegt, junger Mensch, und das mit einem Grabwerkzeug. Du bist ein tapferer Krieger und verdienst es, am Leben zu bleiben. Heute wurde schon genug getötet.

Ich lasse dich frei. Du kannst gehen, wohin du willst. Wir werden dir nichts tun.«

Theros sah den Offizier an, dann den blutigen, halb ohnmächtigen Minotaurus. »Ich nehme das Angebot an, aber ich gehe nur mit meinem Herrn.« Er trat an die Seite des Minotaurus.

Huluk sah Theros verwundert an. Theros ergriff mit beiden Händen den Pfeilschaft und riß ihn heraus. Huluk biß gegen den Schmerz die Zähne zusammen. Der Mensch half dem Minotaurus auf die Beine. Die Elfen sagten nichts und griffen nicht ein. Theros hob die Streitaxt auf, stützte Huluk mit der Schulter und ging dann die Straße hinunter, fort vom Feld, fort von der Schlacht.

Keiner von beiden sah zurück.

Kapitel 10

Zwei Meilen waren alles, was Huluk schaffte. Die Straße wurde zu einem Feldweg, und der Wald rückte von beiden Seiten näher heran, bis sie nur noch mühsam vorankamen. Schließlich brach der große Minotaurus zusammen. Er hatte sich beim Laufen auf Theros' Schulter gestützt, aber der Schmerz war zuviel für ihn. Er verlor die Besinnung und sackte zu Boden.

Theros untersuchte die Wunde des Minotaurus. Sie blutete noch immer, genauso wie verschiedene Schnittwunden an seinen Armen und seinem Leib.

»Verdammt. Er kann nicht weiter, aber wir müssen von dieser Straße runter. Und wir brauchen Wasser und etwas zu essen«, murmelte Theros in sich hinein.

Er ließ den Minotaurus liegen, wo er zusammengebrochen war, und erkundete den Wald. Fünfzig Fuß abseits vom Weg hörte Theros Wasser fließen. Nach weiteren fünfundzwanzig Fuß fand er einen kleinen Bach. Er beugte sich hinunter, um das Wasser zu probieren. Er war schwach und benommen, und ihm wurde fast schwarz vor den Augen.

Nachdem er die Hand in den kleinen Wasserlauf getaucht hatte, probierte er das Wasser. Es war rein, und Theros trank in tiefen Zügen.

Er stand langsam auf, damit das Schwindelgefühl sich nicht wiederholte. Er sah sich um und fand eine kleine Erhebung, wo eine große Eiche umgestürzt war. Ihre Wurzeln bildeten einen Sichtschutz zur Straße hin, und das Wasser war von dort aus leicht zu erreichen.

Theros kehrte zu dem Minotaurenoffizier zurück. Huluk hatte sich nicht gerührt. Sein Atem ging noch regelmäßig, aber er war bewußtlos. Was Theros auch unternahm, er bekam ihn nicht wach. Schließlich ergriff Theros beide Arme des Minotaurus und begann, den bewußtlosen Huluk in den Wald zu ziehen.

Theros trat auf einen losen Stein, der sich unter seinem Fuß drehte und ihn nach hinten kippen ließ. Als er unter Schmerzen dalag, entmutigt von den schrecklichen Ereignissen dieses Tages, fiel ein Schatten über ihn, der das Licht der untergehenden Sonne verdeckte. Theros sah zu der gewaltigen Gestalt eines Minotaurenkriegers auf.

Der Minotaurus legte Theros seinen Axtkopf unter das Kinn und zwang ihn mit der Waffe zum Aufstehen. »So, kleiner Sklave. Ich sehe, du hast gut für dich gesorgt. Vermutlich denkst du, die Elfen würden dich belohnen, weil du diesen Offizier getötet hast.«

»Ich habe ihn nicht getötet! Ich habe versucht, ihm zu helfen!« protestierte Theros.

»Still, du nutzlose Ausrede für einen Menschen. Auf dem Schlachtfeld gab es heute keine Gerechtigkeit, aber hier wird es Gerechtigkeit geben. Bete zu Sargas, daß er dich aufnimmt, denn deine nächste Reise führt in den Tod. Jetzt waltet die Gerechtigkeit, Mensch!«

Der Minotaurus holte mit seiner Axt aus. Zu Theros' Erstaunen hielt die Axt mitten in der Luft an. Der Krieger taumelte.

»Ah, Nevek«, knurrte Huluk, der den Axtstiel festgehalten hatte. »Ich habe mich schon gefragt, was aus dir geworden ist.«

Huluk wich an einen Baum zurück. Er konnte sich kaum aufrecht halten.

»Aber – aber, Sir«, rief Nevek. »Ich dachte, Ihr wärt tot!«

»Für einen ehrgeizigen Offizier bist du nicht besonders aufmerksam. Nächstes Mal prüfst du erst, ob ich noch atme.«

Nevek schüttelte den Kopf. »Offizier?«

Huluk lachte leise. »Du bist mein Stellvertreter in dieser feinen Armee.« Die Anstrengung war zu groß. Er rutschte am Baum hinunter auf den Waldboden.

Immer noch argwöhnisch warf Nevek Theros einen Blick zu. »Ja, Sir. Ich verstehe. Aber wenn ich jetzt ein Offizier bin, wer ist die Armee? Dieser Sklave?«

Huluk sah Theros an. »Dieser Sklave hat mir heute gezeigt, was Ehre ist, und er hat mir das Leben gerettet. Es ist falsch, daß ein Sklave einen Minotaurus in Ehre unterweist, darum sollst du nicht länger ein Sklave sein. Wie heißt du, Mensch?«

»Ich bin Theros, Sklave von –«

Huluk unterbrach ihn. »Du bist Theros, ein freier Mensch, gegenwärtig im Dienst der mächtigen Dritten Armee des Obersten Kreises der Minotauren. Oder sollte ich sagen, du *bist* die mächtige Dritte Armee des Obersten Kreises der Minotauren?«

Theros zögerte. »Ist das Euer Ernst, Sir? Ich bin frei?«

»Du bist frei, Theros, und man wird dich für deine Tapferkeit und Ehre auszeichnen. So, und höre ich da nicht fließendes Wasser?«

Theros und Nevek zogen den Minotaurenoffizier gemeinsam hoch, und Theros führte sie zu seinem Versteck. Die Sonne sank bereits hinter die Hügel jenseits des Waldes und warf jetzt lange Schatten.

Sie ließen Huluk am moosbedeckten Ufer des Baches hinunter. Er fing an, seine Rüstung und die Verbände auszuziehen, aber der Schmerz war zu groß. Nevek kam ihm zu Hilfe. Das Blut um Huluks Wunde war verkrustet, es sickerte jedoch immer noch etwas heraus.

Gemeinsam wateten die beiden Minotauren ins Wasser. Nevek half Huluk, die kleineren Wunden auszuwaschen, dann widmeten sie sich nach besten Kräften der ernsteren Verletzung. Das langsam fließende Wasser wurde vom Blutabwaschen rot.

Theros blieb am Ufer. Er suchte nach einer Möglichkeit,

Feuer zu machen. Wenn sie heute nacht kein Feuer machten, würde Huluk womöglich sterben. Aber Huluk mußte in das Küstendorf zurückkehren, damit die Behörden erfuhren, daß er, ein hoher Offizier der Armee, Theros aus der Sklaverei entlassen hatte.

Theros konnte es nicht glauben. Er war frei. Er hätte gedacht, daß er sich darüber freuen würde, stellte jedoch überrascht fest, daß es nicht so war. Was bedeutete die Freiheit für ihn? Sie bedeutete, daß sich niemand mehr um ihn kümmern würde. Keiner würde dafür sorgen, daß er etwas zu essen bekam, daß er Kleider oder ein Bett für die Nacht hatte. Er war auf sich selbst gestellt. Er schüttelte den Kopf.

Es gab Arbeit zu tun. Nevek hatte zwei leere Weinschläuche mitgebracht, eine geräucherte Schweinekeule, ein Jagdmesser und ein Zunderkästchen. Der Waldboden war mit Zweigen und trockenen Ästen übersät. Hran hatte Theros beigebracht, wie man eine Esse so aufbaute, daß sie wenig Rauch abgab, und dieses Wissen nutzte er jetzt, um sein Feuer anzuzünden.

Trockene Blätter dienten ihm als Zunder. Mit Hilfe des Zunderkästchens fachte er ein kleines Feuer an. Dann folgten Reisig und kleine Äste, bis er das Feuer in Gang gebracht hatte. Sie hatten nichts, worin sie Wasser kochen konnten. Im Umkreis wuchsen wilde Zwiebeln und einige Pilze. Zusammen mit dem Schweinefleisch hätte das für eine Suppe gereicht, aber sie hatten keinen Topf.

Huluk und Nevek kletterten aus dem kalten Wasser ans Ufer. »Wie geht es dem Kommandanten?« fragte Theros.

Huluk brach neben dem Feuer zusammen. Er schloß die Augen und zitterte.

Nevek antwortete mit leiser Stimme: »Nicht gut. Anscheinend hat er sich infiziert. Möglich, daß er die Nacht nicht übersteht.«

»Können wir denn nichts tun? Die Wunde ausbrennen oder so?« fragte Theros.

Nevek machte ein zweifelndes Gesicht. »Ich weiß, daß wir das tun sollten, aber ich habe keine Ahnung, wie das geht. Ich habe keine Erfahrung darin.«

»Als ich an Bord des Schiffes war, mußte der Zweite Maat es manchmal tun, wenn ein Krieger verwundet oder ein Sklave verletzt war«, meinte Theros. »Man muß nur ein Stück Metall erhitzen, bis es weißglühend ist. Dann drückt man es in die Wunde. Es verbrennt die Umgebung der Wunde, aber es unterbricht die Infektion und schließt das Loch. Ich kann das Feuer heiß genug machen, und wir können Euer Messer nehmen. Das Ausbrennen kann ich aber nicht übernehmen. Ich könnte ihn niemals festhalten, wenn er anfängt, um sich zu schlagen. Ihr allerdings schon.«

Neveks Augen wurden groß. »Du willst, daß ich Huluk ein glühendes Messer ins Hinterteil steche? Er bringt mich mit bloßen Händen um!«

»Wenn Ihr es nicht tut, wird er sterben.«

Nevek nickte. Es mußte sein. Der Himmel nahm eine tiefrote Färbung an. Die tiefergelegenen Waldstücke wurden bereits von der Finsternis verschluckt. Bald würden die Nacht und die Kälte über sie kommen.

Theros grub mit dem Jagdmesser eine Mulde. Er klopfte die Seiten glatt, dann kroch er zum Bachufer, um kleine Kiesel aufzulesen, mit denen er den Boden und die Seiten seiner Grube auslegte. Anschließend nahm er zwei Stöcke, hob die heißesten Holzkohlestücke auf und trug sie zu der neuen Feuergrube. Danach fachte er das Feuer an. Immer wieder hielt er inne und blies in das Feuer, während er die Kohlen aufschichtete.

Theros zeigte Nevek, wie man das Feuer durch Hineinblasen heiß hielt. Er ging zurück zum Bach und säuberte das Messer, das er zum Graben benutzt hatte. Es mußte als Behandlungsinstrument dienen.

Nevek wickelte einen Streifen von den Weinschläuchen um den Messergriff. Theros stach das Messer ins Feuer. Durch ständiges Blasen und Umschichten hielt er die inneren Kohlen weißglühend, wie Hran es ihn gelehrt hatte.

Es dauerte fast eine Stunde, bis das Messer so heiß war, daß es an den Rändern rot und in der Mitte gelb glühte.

»Es wird Zeit«, sagte Theros. Er warf Huluk einen Blick zu. »Zum Glück ist er bewußtlos.«

Nevek schluckte hörbar. Er rollte Huluk auf den Bauch. »Ich übernehme das Ausbrennen, aber du setzt dich auf Huluks Kopf zwischen die Hörner. Laß ihn nicht hochkommen, sonst sind wir beide tot. Halte diesen brennenden Ast hoch, damit ich sehen kann, was ich tue.«

Theros setzte sich auf den Kopf des Minotaurus. Nevek nahm das glühend heiße Messer zur Hand, ging zu dem Offizier und setzte sich auf Huluks Kreuz. »Halt den Ast höher. Ich kann nichts sehen.«

Theros tat, wie ihm geheißen wurde. Nevek stieß das Messer nach unten.

Huluk erwachte heulend, begann zu bocken und um sich zu schlagen. Theros erlebte den wildesten Ritt seines Lebens. Der Ast flog nach hinten auf den Waldboden. Mit aller Kraft hielt sich Theros an den beiden Hörnern fest. Das Geräusch von brutzelndem Fleisch, dem ein ekelerregender Gestank folgte, drehte ihm den Magen um.

Der Gestank verflog. Das Umsichschlagen brach ab und endete mit einem Stöhnen. Theros stand auf.

»Wie ist es gelaufen?« fragte er.

Nevek holte den Ast zurück und trat dabei das kleine Buschfeuer aus, das der Ast entzündet hatte. Er lief zum Bachufer und tauchte das Messer ins Wasser. Das Zischen zeigte an, daß die Klinge immer noch heiß war. Er wusch sich Hände und Gesicht.

»Ich glaube, es ist gutgegangen. Ich habe die Wunde verschlossen, und sie hat aufgehört zu bluten. Wir sollten sie aber noch einmal auswaschen.«

Theros war derselben Ansicht. Er suchte das Hemd, mit dem

er ursprünglich die Blutung aufgehalten hatte, und wusch es im fließenden Wasser gründlich aus. Er mußte die verhärteten Krümel aus Blut und Dreck aus dem Stoff reiben.

Nachdem er mit dem Hemd Wasser geschöpft hatte, lief Theros zu Huluk zurück. Der Minotaurus lag immer noch reglos da, wo sie ihn liegengelassen hatten. Er hatte sich nicht bewegt. Theros säuberte die Umgebung der Verletzung, goß Wasser darüber und wusch die Wunde vorsichtig aus.

Nevek setzte sich, nahm seine Axt zur Hand und legte sie über seinen Schoß. »Ich übernehme die erste Wache. In ein paar Stunden wecke ich dich. Du weckst mich, wenn du die Augen nicht mehr aufhalten kannst, und bis zum Sonnenaufgang übernehme dann wieder ich. Ich kenne mich mit Menschen nicht aus – ich kann weder eure Gefühle verstehen noch das, was sich hinter euren Worten verbirgt. Aber trotzdem glaube ich, daß du im Augenblick mehr Schlaf brauchst als ich.«

Theros nickte. Er antwortete gar nicht erst, sondern warf sich auf das Moos und schlief ein.

Am Morgen stupste Nevek ihn an. Die Sonne stand bereits über den Gipfeln der Bäume, und der Himmel war wolkenlos. Theros schreckte hoch. »Ihr wolltet mich doch wecken!«

»Ich weiß. Ich war ausgeruht, und es ging mir gut. Ich hatte keine Probleme damit, einfach hier zu sitzen. Huluk fand, ich sollte dich schlafen lassen. Er sagte, du hättest es verdient.«

»Huluk?« Theros sah zu der Stelle, wo der Minotaurus gelegen hatte, aber er konnte ihn nicht entdecken. Als er sich umschaute, sah er, daß der große Minotaurus sich im Bach wusch.

»Wie geht es ihm?« erkundigte sich Theros.

Nevek nickte. »Es geht ihm viel besser. Natürlich keineswegs gut, aber besser als vorher. Ich glaube, das Fieber sinkt inzwischen. Mitten in der Nacht ist er aufgewacht, weil er schwitzte wie ein Schwein. Ich habe ihm Wasser gegeben. Dann fühlte er sich besser und schlief wieder ein.«

Theros atmete auf. Es sah so aus, als würde Huluk überleben. Er kniete vorsichtig im Bach, um seine Wunde zu reinigen, so gut er konnte. Theros zog seine Hosen aus und ging zum Bach hinunter, um sich seinem Offizier beim Baden anzuschließen.

Huluk blickte auf. »Ah, da kommt die Armee! Wie ich sehe, siehst du besser aus als gestern. Zu meiner Freude kann ich dasselbe von mir berichten. Meine Rückseite fühlt sich an, als hätte man einen Pfeil hineingeschossen, was auch stimmt, aber nicht mehr so, als würde sie in Flammen stehen, wie es gestern der Fall war.

Wir haben heute viele Meilen vor uns. Wenn ich nicht mithalten kann, wird Nevek ohne uns vorlaufen, um das Dorf zu warnen und dem Obersten Kreis die Nachricht zu senden. Du mußt mir helfen. Du wirst mich unterstützen.«

Theros nickte. »Ich verstehe, Sir. Wir sollten essen und trinken und uns dann auf den Weg machen.«

Huluk stimmte zu. Theros half dem verwundeten Minotaurus aus dem Wasser. Sie ließen sich von der Sonne trocknen, während sie aßen und sich auf den Aufbruch vorbereiteten. Eine Armee benötigte vier Tagesmärsche für den Weg. Nevek würde es vielleicht in zwei Tagen schaffen. Theros und Huluk würden mindestens drei brauchen.

Gegen Mittag wurde klar, daß Huluk seine Kräfte überschätzt hatte. Sie machten an einem Wäldchen am Weg Rast, aßen etwas Fleisch und tranken aus den wassergefüllten Weinschläuchen.

Nevek war sichtlich nervös. Huluk sah ihn neugierig an. »Siehst du dich so um, weil du etwas hörst, was ich nicht höre, oder denkst du verzweifelt darüber nach, wie du mir sagen sollst, daß ich zu langsam bin?«

Nevek wich dem Blick seines Vorgesetzten aus. »Es tut mir leid, Sir. Gemäß Euren eigenen Befehlen muß ich Euch hier verlassen! Ich werde Hilfe schicken, sobald ich ankomme.«

Huluk nickte und brummte: »Ja, du mußt gehen. Jetzt, da wir dir nicht mehr zur Last fallen, mußt du dich sputen. Hier.«

Huluk gab dem jungen Krieger den Rest Fleisch, den vollen Wasserschlauch und seine eigene Axt. »Nimm das. Wir werden unterwegs schon etwas zu essen finden. Die Axt soll beweisen, daß ich noch lebe und daß du nicht desertiert bist. Schick mir Hilfe. Ich will nicht hier auf diesem verdammten, vor Elfen wimmelnden Festland sitzenbleiben!«

Nevek nahm die Vorräte und verschwand ohne ein weiteres Wort. Auf der anderen Seite des Wäldchens begann er zu rennen.

»Also, meine Armee, bist du bereit, deinem Kommandanten wieder ein paar Meilen weiterzuhelfen?« Mühsam stand Huluk auf.

Theros sprang auf, um den Minotaurenoffizier zu stützen. Sie folgten weiter der Straße.

Als die Nacht hereinbrach, waren sie immer noch unterwegs. Theros ließ Huluk bei einem Baum zurück und sah sich nach einem Ort um, wo man unbemerkt ein Feuer machen konnte.

Die Bäume in dieser Gegend waren Pinien und Fichten. Das flache Land machte sanft gewellten Hügeln Platz. Je näher sie der Küste kamen, desto höher würden die Hügel werden. Einen Bach gab es nicht.

Theros fand Holz. Das Zunderkästchen in seiner Tasche war alles, was sie zum Feuermachen brauchten. Beide tranken aus dem Wasserschlauch, und Huluk nahm den Schlauch zurück, um ein zweites Mal zu trinken.

»Ich übernehme heute nacht die Wache. Ihr seid noch verwundet und braucht Euren Schlaf«, sagte Theros.

Huluk reichte ihm den Schlauch. »Nein, heute nacht schlafen wir beide. Laß das Feuer herunterbrennen. Inzwischen sind wir so weit fort, daß uns kein Elf mehr finden wird.« Dann fügte Huluk mit trockenem Lächeln hinzu: »Wenn die Elfen uns finden, Junge, werden sie Nevek übersehen.«

Theros verstand. Wenn sie tatsächlich verfolgt wurden, sollten sie die Ablenkung sein.

Er schürte noch einmal das Feuer. Huluk legte sich auf die Seite und schlief fast augenblicklich ein. Theros legte sich hin, doch er starrte die kleinen Funken an, die über dem Feuer hochstoben, und fragte sich, was es eigentlich bedeutete, frei zu sein.

Kapitel 11

Theros schrak aus dem Schlaf hoch. Das Feuer war ausgegangen. Nur glühende Kohlen waren geblieben.

Ein sehr ferner Schrei, der von Entsetzen und Schmerz kündete, war so plötzlich abgebrochen, wie er begonnen hatte. Er war so fern, daß Theros keine Ahnung hatte, aus welcher Richtung er gekommen war.

Er setzte sich auf, um eilig Sand und Erde über die glühenden Kohlen zu werfen. Konnten das die Elfen sein? Wer hatte da geschrien?

Theros lauschte weiter. Seine Nerven waren angespannt, und er konnte sein Herz laut und hart klopfen hören. Der Schreck hielt ihn hellwach.

Der Schrei wiederholte sich, und diesmal kam er ganz aus der Nähe. Theros war aufgesprungen und ließ wartend Neveks Axt pendeln. Auch Huluk war wach und stützte sich auf den Ellenbogen hoch. Hinter ihnen flammte plötzlich ein roter Schein auf. Theros fuhr herum. Der Glanz wurde stärker. Ein Baum brannte. Vor den Flammen sah er eine um sich schlagende Silhouette, doch er hörte keinen Laut.

So plötzlich, wie er aufgetaucht war, verschwand der rote Glanz, als wäre die Flamme des Baumes ausgepustet worden.

Zauberei. Das konnte nur Zauberei sein.

Theros duckte sich und wagte es nicht, sich zu rühren, denn er wußte nicht, was ihn aus der Finsternis anspringen mochte. Und dann wurde er vom Flügelklatschen eines riesigen Vogels, der schwarz durch die Nacht flog, fast umgeworfen. Der Vogel kam und war auch schon wieder fort. Ein roter Glanz schimmerte da, wo der Vogel verschwunden war. Theros fühlte sich an etwas erinnert; vage Ängste aus seiner Kindheit kehrten zurück.

Er behielt seine Hockstellung bei und wartete. Der Angriff würde sicher kommen.

Nach einer guten Stunde Stille huben allmählich die Geräusche des Waldes wieder an. Grillen begannen zu zirpen, Blätter raschelten im Wind. Huluk war wieder eingeschlafen. Verwirrt und müde setzte Theros sich hin und rieb die Verhärtungen in seinen schmerzenden Beinen. Er lehnte sich gegen einen Baum, legte die Axt über den Schoß und blieb wach, bis es dämmerte.

Die Sonne war schon auf halber Höhe der Bäume, ehe Theros sich zu rühren wagte. Mit dem Licht erwachte auch sein Mut wieder. Er stand auf, sah sich um und weckte Huluk.

»Was ist denn?« fragte Huluk ungeduldig. Dann seufzte er. »Ach, es ist Morgen.« Er rollte sich vorsichtig auf den Bauch und stand auf.

»Wir hatten letzte Nacht Besuch«, sagte Huluk, als ihm der Zwischenfall wieder einfiel. »Sehr merkwürdig. Hast du herausgefunden, wer das war?«

Theros schüttelte verneinend den Kopf. »Ich bin nicht von Eurer Seite gewichen. Ich habe einen Baum in Flammen stehen sehen und einen Körper und einen … ach, das ist unwichtig. Jetzt, da Ihr wach seid, werde ich oben am Hang nach Spuren suchen.«

»Warte, hilf mir. Ich werde dich begleiten.«

Sie brauchten nicht lange zu suchen, bis sie die Stelle fanden. Überall war Blut verspritzt. Ein Elfenkörper war gegen einen Baum gelehnt. Seine Arme und Beine fehlten. Die Augen waren ausgepickt.

Die beiden standen eine Weile fassungslos da.

»Ein Elfenspäher. Er muß uns gesehen haben, aber er hat ganz sicher nichts mehr gemeldet. Was genau hast du gesehen?« wollte Huluk wissen.

»Ich sah einen roten Glanz, dann einen Vogel«, antwortete Theros zurückhaltend, weil er Angst hatte, daß Huluk ihm nicht glauben würde. »Er ist an mir vorbeigeflogen. Aber ein Vogel kann doch so etwas nicht getan haben!«

Huluk dämpfte die Stimme. »Kein Vogel. Das war Sargas. Er kam als Antwort auf meine Gebete um Rache an den Elfen, um unserer Sache zu helfen. Ich bin durch ein Zeichen von meinem Gott gesegnet. Wir sollen unseren Kampf fortsetzen.«

»Sargas?« fragte Theros. »Ihr glaubt doch gewiß nicht, daß Sargas hierher gekommen ist, um uns vor Elfenspähern zu retten ...«

Theros' Worte wurden leiser. Die Erinnerung kehrte deutlich zurück. Jene Nacht nach seinem Eintritt in die Sklaverei. Der riesige Vogel hatte in der Nacht rot geleuchtet, als er über das Schiff geflogen und heruntergestoßen war.

Theros murmelte in sich hinein: »Das war real. Er existiert doch. Ehre – ich erinnere mich.«

Huluk legte Theros eine Hand auf die Schulter. »Fühle dich gesegnet. Sargas, der Gott der Minotauren, muß uns für würdig halten. Von ihm gerettet zu werden ist eine große Ehre.«

Theros half Huluk zum Lager zurück. Sie tranken das verbliebene Wasser, sammelten ihre Sachen ein und liefen wieder die Straße hinunter.

Einige Minuten später stießen sie auf zwei weitere Elfen, die beide auf die gleiche Art umgekommen waren wie der erste. In ihren Gesichtern spiegelte sich nackte Angst, denn ihre Züge waren zu dem Schrei verzogen, den sie nie hatten beenden können.

Die beiden Reisenden verweilten nicht lange. Sie zogen weiter. Drei Stunden später legten sie eine Pause ein. Theros glaubte fließendes Wasser zu hören und begab sich auf die Suche danach. Tatsächlich kehrte er zehn Minuten später mit einem gefüllten Wasserschlauch und einigen großen Pilzen zurück.

»Hier, eßt!« sagte er zu Huluk.

Der Minotaurus musterte die Pilze voller Abscheu und schüttelte den Kopf. »Ohne Fleisch kann ich die Dinger nicht essen. Mein Magen würde rebellieren. Ich brauche erst in den nächsten ein, zwei Tagen Fleisch, und solange halte ich durch. Komm, gib mir etwas von dem frischen Wasser.«

Theros reichte ihm den Schlauch. Dann schlang er die Pilze hinunter. Sie beruhigten das Knurren seines Magens.

»Glaubt Ihr wirklich, daß das hinter uns Sargas war?«

Huluk gab ihm den Schlauch zurück. »Ja, ich bin sicher. Man hat uns allen die Zeichen beigebracht. Er erscheint zuerst unseren Feinden und treibt einen glühenden Pfad des Schreckens vor sich her. Es heißt, er würde immer irgendwie Rache nehmen, wenn ein Minotaurus auf dem Schlachtfeld unterliegt. Wenn er seinen eigenen Kindern erscheint, sieht man ihn als Vogel –«

»– der rot leuchtet, aber schwarz ist«, schloß Theros. »Das ist es, was ich gestern nacht gesehen habe.«

Huluk sah den Menschen ungläubig an. »Das hast du gesagt, aber ich konnte es nicht glauben. Du hast Sargas auch gesehen? Glaubst du denn an Sargas? Es muß so sein, sonst hätte er sich dir nicht gezeigt. Sargas ist noch nicht oft gesehen worden, und alle seine Erscheinungen wurden von seinen Gläubigen in den großen Büchern aufgezeichnet. Aber ich weiß von keinem Fall, in dem ein Mensch Zeuge seines Erscheinens wurde. Und es überlebt hat, natürlich«, fügte Huluk beiläufig hinzu.

Sie liefen weiter die Straße entlang. Huluk fiel es immer schwerer, Schritt zu halten. Die Wunde blieb verschlossen, doch der Schmerz nahm zu. Seine Muskeln und Gelenke wurden steif. Wenn die Wunde nicht anständig gesäubert und mit Salben versorgt werden würde, konnte sie wieder vereitern.

Eine Stunde später mußten sie Rast machen, damit Huluk sich ausruhen konnte. Der Minotaurus nahm wieder einen Schluck aus dem Schlauch, ließ ihn aber rasch sinken. Er deutete auf den Wald.

»Ich habe eine Bewegung gesehen. Könnte eine weitere Elfenpatrouille sein. Laß mich hier und schlag einen Bogen, vielleicht findest du etwas heraus.«

Theros versuchte vergeblich, etwas zu sehen. Nachdem er die Axt genommen hatte, drang er im Bogen in das Unterholz ein. Halb kriechend, halb rennend hastete er vorwärts, gebückt, um in Deckung zu bleiben.

Als er vor sich eine Bewegung sah, hielt er an. Eine große Gestalt blinzelte hinter einem Baum hervor. Die Hörner, die seitlich aus dem Kopf ragten, wiesen sie als Minotaurus aus. Theros atmete erleichtert auf und richtete sich auf. Die Augen des Minotaurus wurden größer. Er hob seine Axt hoch über den Kopf und wollte zuschlagen.

Theros ließ seine Waffe fallen. »Halt! Halt! Ich bin auf Eurer Seite! Halt!« schrie er in der Sprache der Minotauren.

Sein Flehen wurde hinter dem vordersten Minotaurus wiederholt. Die Stimme eines anderen Minotaurus rief: »Halt!«

Der erste Minotaurus hielt inne und blickte die Straße hinauf. Dort stand Nevek, der vor Anstrengung außer Atem war. Seine Hände lagen in Handschellen. »Das ist der Mensch, der Kommandant Huluk beigestanden hat. Er hat meine Axt!« Nevek zeigte darauf.

Zehn weitere Minotauren tauchten hinter den Bäumen auf und traten vor, jeder mit schlagbereiter Waffe.

Einer der Minotauren funkelte Theros mißtrauisch an. »Wenn das stimmt, wo ist dann der Kommandant?«

Huluk kam durch die Bäume gehumpelt. »Hier. Schön, dich wiederzusehen, Nevek.« Er drehte sich zu dem mißtrauischen Minotaurus um. »Du siehst, Nevek hat mich nicht ermordet und sich bei Nacht davongestohlen. Und von diesem Menschen könntet ihr viel über Vertrauen und Ehre lernen.«

Die anderen Minotauren verbeugten sich, als der Offizier näherkam. Huluks Hörner waren breiter als die der anderen. Seine Medaillen zeichneten ihn als erfahrenen Krieger aus.

»Kommandant, es ist schön, Euch lebend anzutreffen!« sagte einer der Minotauren.

Huluk grinste. »Ich nehme an, ihr habt Nevek auf der Straße aufgegriffen. Er hatte meine Axt dabei, und natürlich habt ihr angenommen, daß er mich ermordet und sich mit meiner guten Waffe davongemacht hat. Ihr dachtet, er wäre aus der Dritten Armee desertiert und ihr hättet ihn geschickterweise erwischt. Stimmt's?«

Der Unteroffizier nickte. Er war derjenige, der jetzt Huluks Axt trug. »Ja, Sir. Nun, nicht ganz, Sir. Sicher konnte niemand von mir erwarten, daß ich einen Teil meiner Patrouille ins Dorf zurückschicke, damit er die absurde Geschichte dieses Kriegers meldet, die Dritte Armee wäre vollständig ausgelöscht, und uns zumutet zu glauben, daß ein Menschensklave, der gar kein Sklave ist, Euch helfen würde, den Elfen zu entkommen?«

Wenn Huluk voll bei Kräften gewesen wäre, hätte er dem Unteroffizier einen Kinnhaken verpaßt, der ihn rückwärts umgeworfen hätte. Statt dessen knurrte er hochgradig unzufrieden: »Alles, was Nevek euch erzählt hat, ist wahr. Und nehmt meinem Offizier diese Handschellen ab!«

Die anderen Minotauren grunzten und schüttelten ihre gehörnten Köpfe. Einer befreite Nevek von den Handschellen. Alle wirkten ungläubig.

»Nein, hört zu«, fuhr Huluk fort. »Ich glaube, daß Nevek und ich zusammen mit diesem Menschen die einzigen freien Überlebenden der Armee sind. Die Elfen haben uns reingelegt und restlos aufgerieben. Schickt den besten Läufer zum Dorf zurück, damit der Kommandant der Garnison Bescheid weiß. Sagt Blevros, daß ich am Leben bin. Es geht mir nicht so gut, wie es sein könnte, aber besser, als die Elfen geplant haben. Sagt ihm, daß die Armee geschlagen ist. Er soll alle Vorbereitungen treffen, die ihm der Oberste Kreis für diesen Fall aufgetragen hat. Und sagt ihm weiter ...«

Huluk schwankte, taumelte und brach zusammen. Der Unteroffizier rief nach zwei großen Kriegern, die dem älteren Offizier beistehen sollten. Theros, der beiseite getreten war, war vergessen. Er räusperte sich leise, um den Offizier auf sich aufmerksam zu machen.

»Sir, ich finde, wir sollten aus zwei starken Ästen einen Tragesitz bauen und Kommandant Huluk zum Dorf zurückbringen. Es geht ihm nicht gut, und ich glaube, er bekommt wieder Fieber.«

Der Offizier wollte sichtlich keinen Rat von einem Menschen annehmen – ob Sklave oder nicht. »Holt Äste«, befahl er seinen Männern. »Wir bauen einen Tragesitz für den Kommandanten.« Sein finsterer Blick warnte Theros, bloß nichts mehr zu sagen.

Theros reagierte nicht darauf, sondern tat, was er konnte, um es Huluk bequemer zu machen.

Die Minotauren kehrten mit zwei geraden Ästen zurück, jeder ungefähr sechs Fuß lang und etwa sechs Zoll breit. Mit ihren Äxten hatten sie die kleineren Zweige abgehackt. Sie hielten die Stangen wie eine Bahre, dann senkten sie sie, damit Huluk rittlings darübersteigen konnte. Die Minotauren hoben die Stangen hoch, so daß ihr Kommandant nicht allzu unbequem darauf sitzen konnte. Theros fand einen kleinen Ast, den man als Querstrebe verwenden konnte, und bat um ein Stück Seil. Einer der Krieger zog ein Stück hervor. Er schnitt es in zwei Teile, und gemeinsam banden sie es um die zwei Stangen, wodurch sich eine Stütze ergab.

Sie kamen wieder voran. Huluk bellte den jungen Offizier an: »Laß bloß nicht meine Axt fallen! Sie ist seit über zehn Generationen in der Familie. Wenn du sie verlierst oder beschädigst, mußt du dich mir zum Zweikampf stellen! Ich habe schon einen wertvollen Brustpanzer eingebüßt.« Er warf Theros einen Blick zu und zwinkerte. Deutlicher würde der Minotaurus eine Entschuldigung oder einen Dank niemals ausdrücken.

Theros, der dies verstand, lächelte und nickte.

Der Offizier brummte, denn er wußte nicht, worum es ging. Er steckte seine eigene Axt in die Halterung auf seinem

Rücken. Huluks Axt trug er mit einer Andacht, wie sie normalerweise Heiligtümern vorbehalten ist.

Im Laufschritt eilten sie auf das Dorf zu.

Kapitel 12

Es tat gut, wieder an Bord eines Schiffes zu sein. Sieben Jahre lang hatte Theros auf Schiffen wie diesem gelebt, einer langen Galeere – einer von vielen, auf denen die Minotauren ihre gescheiterte Küstenkolonie evakuierten.

Sobald sie Huluk sicher ins Dorf gebracht hatten, hatte sich der Gouverneur mit ihm getroffen. Es wurde bestätigt, daß die Dritte Armee tatsächlich vernichtet war und daß die Elfen vorhatten, das Minotaurenlager auf »ihrem« Land auszulöschen. Der Gouverneur schickte sofort einen schnellen Korsaren mit der Bitte um Hilfe zum Obersten Kreis.

Es wurde eine überaus geordnete Evakuierung. Der Gouverneur hatte die Verteidigungsanlagen verstärken lassen und seine kleine Truppe erfolgreich eingesetzt, um die Elfen auf ihrem Marsch zum Dorf und zum Hafen aufzuhalten. Sie hatten Fallen gestellt und sich in den Hinterhalt gelegt und die Elfen dazu gezwungen, im dichten Wald auf ihre schwere Kavallerie zu verzichten. Den Elfen blieb nichts anderes übrig, als auf die Art zu kämpfen, in der die Minotauren überlegen waren.

Die Minotauren, die nicht kampffähig waren, hatten den Befehl bekommen, Teile des Lagers abzubrechen. Werkzeug, Kriegsmaschinen und persönlicher Besitz warteten in Kisten verpackt am Pier auf den Abtransport.

Die Schiffe, die im Hafen lagen, wurden beladen und in die Heimatländer der Minotauren zurückgeschickt. Die gesamte notwendige Ausrüstung und aller Besitz wurden an Bord genommen, ebenso Frauen, Kinder, Sklaven und Verwundete. Theros und Huluk waren unter den Passagieren. Nevek, der jetzt Unteroffizier in der Garnison war, blieb zurück, um an der Verteidigung mitzuwirken. Huluk hatte ihn persönlich zur Beförderung vorgeschlagen. Der Gouverneur hatte zugestimmt. Neveks Hörner schienen über Nacht fast einen Zoll gewachsen zu sein.

Das Schiff wiegte sich sanft von einer Seite auf die andere. Seine Segel waren vollständig gehißt, um den Hauch der See einzufangen. Theros sah zu, wie die Minotauren in der Takelage herumkletterten, und fragte sich, ob er selbst das wohl noch konnte. Er hätte es gerne versucht, doch seine Kunst wurde zum Waffenmachen gebraucht. Als er so an Deck stand, fiel ihm der alte Heretos ein, sein erster Herr.

»Ich bin kein Sklave. Ich bin ein geachtetes Mitglied der Mannschaft«, hatte Heretos stolz betont.

Jetzt konnte Theros von sich dasselbe sagen. Er war gefragt, wenn es darum ging, die Waffen zu schärfen und nachzufeilen oder Äxten neue Schäfte anzupassen. Er war mit dem Schnitzen der komplizierten Muster vertraut, mit denen die Minotaurenkrieger ihre Waffen versahen. Über die Jahre hatte er auch den Umgang mit Leder gelernt und kannte die Geheimnisse, wie man Metall und Leder zu einer guten Rüstung verband.

Und dafür mußte er Hran dankbar sein.

In Theros stiegen Erinnerungen an den Schmied auf, auch an ihre allererste Begegnung.

Theros war einer der fünfzig Sklaven gewesen, die an den Kommandanten der Dritten Armee gefallen waren. Der Kommandant war über Theros' Eignung zum Schmied informiert worden, aber der Minotaurus hatte nicht geglaubt, daß ein Mensch eine solch anspruchsvolle Arbeit leisten könnte. Man hatte Theros der Verpflegungseinheit der Nachhut zugeteilt. Anstatt jedoch zu schälen und zu schneiden, um das Essen vorzubereiten, fand man Theros gewöhnlich hinter den Zelten, wo er die Küchenmesser schärfte oder die Zelte nähte und ausbesserte.

Eines Tages, kurz vor der Einschiffung nach Silvanesti, sah ein großer Minotaurus in der Lederschürze eines Waffenschmieds Theros beim Messerschärfen zu.

»Arbeitest du nicht in der Verpflegungseinheit, Sklave?« hatte Hran gefragt.

Theros hatte sich respektvoll erhoben. »Ja, Sir. Aber der Koch sagt, ich tauge besser zum Schärfen und Nähen als zum Zubereiten von Mahlzeiten. Das habe ich auch an Bord unseres Schiffes immer getan.«

Hran schnaubte und nahm den jungen Mann am Arm. Dann zog der Schmied Theros ins Verpflegungszelt, wo er den zuständigen Minotaurus ansprach. »Perjaf, dieser Sklave behauptet, er würde für dich Messer schärfen und Tuch nähen. Lügt er?«

Perjaf wischte die Hände an seiner Schürze ab. Er hatte gerade ein Schwein geschlachtet. »Nein, der Sklave sagt die Wahrheit. Warum, hat er nicht getan, was ihm befohlen wurde? Hat er in deinem Laden herumgeschnüffelt? Wenn ja, dann werde ich ihm Manieren –«

»Du hast den Verstand einer Ziege, Perjaf. Dieser Sklave sollte seine Zeit nicht mit dem Schleifen von Zwiebelmessern vergeuden. Ich will ihn für mich arbeiten lassen.«

Perjaf runzelte die Stirn. »Er ist ziemlich wertvoll. Er kann auch mit Leder umgehen.«

»Was willst du als Gegengabe?« Hran war älter als Perjaf, doch beide hatten vergleichbare Positionen inne, deshalb mußten sie handeln.

Perjaf zögerte einen Augenblick. Hran war gut zu ihm gewesen, hatte ihn jahrelang mit ausgezeichneten Messern und anderen Werkzeugen versorgt. Er konnte ihm jedoch nicht einfach den Sklaven übergeben. Das würde ihn in Hrans Augen herabsetzen.

»Laß mir von deinem neuen Sklaven einen Lederharnisch für meine Streitaxt anfertigen. Mein alter ist abgetragen und wird bald reißen. Ist das ein Handel, Hran?«

Hran nickte und grinste breit. »Gemacht. Komm mit, Sklave.«

Theros konnte sein Glück nicht fassen. Endlich würde er bei einem Meister lernen.

»Wo hast du deine Fähigkeiten erworben?« Hran beäugte den Jungen, als wäre der ein Geschenk von Sargas persönlich. Theros sah sich eifrig die Esse an. Sein Blick blieb an einigen schönen Schwertern hängen.

»Ich war Sklave der Krieger auf der *Blatvos Kemas,* einem Kriegsschiff in der Velekhierarchie, bis sie Kronic überschrieben wurde, einem Mitglied des Obersten Kreises. Er hat das Schiff gekauft, und die meisten Sklaven, einschließlich mir, wurden hierher geschickt.«

Hran nickte beifällig. Weil er bemerkte, daß Theros die Schwerter musterte, fragte der Minotaurus: »Weißt du, wie man eine Esse heiß macht, um Metall zu einer guten Klinge zu hämmern?«

Theros schüttelte den Kopf. »Nein, Sir, das weiß ich nicht.« Er blickte auf seine Füße. Er fühlte sich winzig klein.

Hran schlug dem Menschen auf den Rücken, worauf Theros beinahe kopfüber auf die Esse stürzte. »Wir haben viel zu tun! Du wirst mein Lehrling und sollst lernen, was ich dir beibringen kann. Denk daran, du bist immer noch ein Sklave, besonders außerhalb dieses Gebäudes. Hier drin aber bist du in erster Linie mein Lehrling. Wie heißt du?«

Theros starrte ihn erstaunt an. Bisher war er immer nur »Sklave« gerufen worden.

»Theros.«

»Also, Theros, an die Arbeit.« Hran hatte gegrinst.

Die Bewegung des Schiffes riß Theros in die Gegenwart zurück. Er seufzte. Hran würde sich freuen, wenn er ihn heute sehen könnte. Theros war frei und mußte auf dem Schiff keine Sklavenarbeit mehr verrichten.

Aber selbst der niedrigste Minotaurus würde im Rang über ihm stehen. Er würde mit dem Sprechen immer warten müssen, bis er angesprochen wurde. Weder in der Politik noch in der Verwaltung hatte er etwas zu sagen und konnte auch kein Amt annehmen. Er durfte keinen Grundbesitz erwerben.

Was also sollte er jetzt machen? Wohin sollte er gehen? Er hatte nicht den Wunsch, in seine ursprüngliche Heimat irgendwo in Nordmaar zurückzukehren, an die er sich kaum noch erinnerte. Er stellte sich vor, wie er dort Tag für Tag Fische fangen würde. Er war ein Krieger, kein Fischer!

Nach drei Tagen auf See tauchte Huluk schließlich auf Deck auf. Theros ging zu ihm, um den Minotaurenoffizier zu begrüßen, und streckte schützend einen Arm aus. Huluk lehnte seine Hilfe ab.

»Der Chirurg sagt, das Hinken wird bleiben, aber in einem oder zwei Monaten werde ich wieder kämpfen können. Ich brauche Bewegung. Lauf mit mir herum und leiste mir Gesellschaft.«

»Kommandant, dürfte ich Euch um einen Rat bitten?« Theros paßte sich den Schritten des Minotaurus an.

Huluk verzog das Gesicht. »Oh, jetzt, da du frei bist, hast du beschlossen, mich als Vater zu adoptieren, ja?«

Theros lächelte. »Nein, Sir. Ich würde mir niemals träumen lassen ... also, ich meine, ich wäre geehrt ... ich will sagen ...«

»Nur die Ruhe, Theros. Das sollte ein Scherz sein. Also, worüber möchtest du meinen Rat?«

Theros zögerte, denn er versuchte, seine Gedanken in Worte zu kleiden. Die beiden spazierten zur Reling. Huluk lehnte sich an das Schott.

»Sie haben da unten Wunder an mir vollbracht, aber es wird Wochen dauern, bis ich auf einem Stuhl sitzen kann. Sargas sei mein Zeuge, ich hasse Elfen! Also, was willst du mich fragen?«

Theros sah den Minotaurenoffizier an. »Wohin soll ich jetzt gehen, Sir? Ich bin ein Waffenschmied. Jedenfalls habe ich bei einem Waffenschmied gelernt. Für eine Minotaurenarmee darf ich nicht als Schmied arbeiten. Das Gesetz der Minotauren verbietet es, weil ich ein Mensch bin.«

Huluk wurde nachdenklich. »Wir können manchmal so kurzsichtig sein. Wenn du weiter als Schmied arbeiten willst, Theros, steht dir nur eine Möglichkeit offen. Du wirst zu deiner eigenen Rasse zurückkehren müssen. Freiheit ist in der Gesellschaft der Minotauren nicht dasselbe wie Gleichheit. Du brauchst den Respekt der Leute, für die du arbeitest. Es sieht so aus, als müßtest du dir eine Menschenarmee suchen.«

»Ich weiß nicht einmal, wo ich mit der Suche anfangen soll. Wie komme ich in die Länder der Menschen? Wie soll ich mich dort vorstellen?« Theros war hilflos.

»Ach, ja«, nickte Huluk. »Die meiste Zeit deines Lebens warst du ein Sklave. Du warst nicht mit sehr vielen Menschen zusammen. Als ich jünger war, war ich Unteroffizier, ganz ähnlich wie Nevek. Wir waren in Zentralabanasinia, wo wir an der Seite von Dargon Moorgoth gekämpft haben, einem Menschen, der Söldner anführte. Er kam aus Sanction oder so. Wir kämpften mit Moorgoth zusammen um die Eroberung der Insel von Schallmeer im Neumeer. Der Überfall, den wir gemeinsam planten, ging schief, doch die Fehler lagen nicht bei Moorgoth. Den könnte man vielleicht aufsuchen.«

»Sanction? Wo liegt das?« fragte Theros.

»Das ist eine Stadt irgendwo in der Mitte des Kontinents Ansalon. Ich weiß nicht genau, wo. Ja, in Sanction würde ich nach Menschen Ausschau halten, die für einen geschickten Schmied Verwendung haben könnten.«

»Danke, Kommandant. Ich werde Euren Rat befolgen.«

»Ich werde dich einem Kapitän namens Olifac vorstellen. Angeblich liefert er Waffen in diese Gegend. Er wird dich bringen, wohin du willst, solange du für die Überfahrt arbeitest.«

Theros nickte. »Ich danke Euch noch einmal, Kommandant.«

»Bevor du fährst, solltest du aber eine Weile bei einem Schmied in Lacynos arbeiten. Du bist ein freier Mensch in einer Minotaurengesellschaft, und wir Minotauren zählen zu den fähigsten Schmieden auf ganz Krynn. Warum verdingst du dich nicht für ein, zwei Jahre und suchst danach nach deiner Menschenarmee?«

Theros dachte einen Augenblick nach. »Ich weiß nicht, Kommandant. Es wird nicht dasselbe sein, wenn ich für jemand anderen als Hran arbeite. Wird Olifac noch da sein, wenn wir nach Lacynos kommen?«

Huluk winkte ab. »Hör endlich auf, mich ›Kommandant‹ zu nennen! Auf Befehl des Obersten Kreises bin ich zum ›Gruppenkommandanten‹ befördert worden. Also sprich mich an, wie es mir gebührt.«

»Ja, Sir, Gruppenkommandant.« Theros lächelte.

Huluk hätte sich fast selbst ein Lächeln gestattet. »Sieht so aus, als hätte dieser brutale Krieg mit den Elfen überall für Beförderungen gesorgt. Was Olifac angeht, so habe ich keine Ahnung, ob er dort sein wird oder nicht. Das finden wir heraus, wenn wir landen.«

Sie landeten vier Tage später.

Kapitel 13

Auf den Docks versammelten sich Scharen von Minotauren, um einen Blick auf die heimkehrenden Kolonisten zu erhaschen. Alle wollten dasselbe wissen. War die Dritte Armee wirklich ausgelöscht worden? War sie wirklich von einer Elfenarmee vernichtet worden? Sie riefen Fragen und drängten vorwärts.

Die Hafenbehörden versuchten, für Ruhe zu sorgen, aber vergebens. Die Kolonie an der Küste von Silvanesti war vernichtend geschlagen worden. Die Leute wollten Einzelheiten hören.

Die Stadtwache wurde gerufen. Sobald die Menge zurückgedrängt war, begannen die Passagiere des ersten Schiffes und auch diejenigen, die auf anderen Booten in den Hafen gesegelt waren, an Land zu gehen.

Theros und Huluk waren an Bord des ersten Schiffes. Die Siedler, die mutig in das neue Land gezogen waren, marschierten mit hocherhobenen Köpfen die Planke herunter. Sie hatten keinen Anlaß, sich zu schämen, nichts hatte ihre Ehre verletzt. Es waren die Soldaten, die versagt hatten.

Als die Siedler gegangen waren, half Theros Huluk vom Schiff. Die Menge verhöhnte den Offizier.

»Wo ist denn deine Armee, Krieger?«

»Du hast deine Haut gerettet. Was ist aus den anderen aus der tapferen Dritten Armee geworden? Wann erzählen sie uns ihre Geschichte?«

»Warum bist du nicht tot wie die tapferen Soldaten der Dritten Armee?«

Huluk hielt den Kopf hoch erhoben und verließ humpelnd

den Kai. Sie würden seine Geschichte bald genug erfahren. Er hatte den Befehl, unverzüglich zur Versammlung des Obersten Kreises zu gehen und dort Bericht zu erstatten.

Theros half dem Offizier bis an die Stufen des gewaltigen Bauwerks in der Stadtmitte. Für die Minotauren war es ein Monument ihrer Freiheit und ein heiliger Schrein zu Ehren der Umwälzung, als Sargas die Ketten des verruchten Königspriesters von Istar gesprengt und die Minotauren wieder in die Freiheit entlassen hatte.

Theros wünschte Huluk alles Gute und wollte gehen.

»Warte, Theros! In dieser Stadt wird man dich als Sklaven behandeln, wenn du dich nicht ausweisen kannst. Nimm diese Münze.« Huluk händigte ihm eine Münze mit dem Gesicht des Kaisers auf der einen Seite und dem Familiensymbol von Huluks Clan auf der anderen Seite aus. »Das ist eine Clanmünze. Du bist jetzt Mitglied meines Clans.« Er knurrte mit gespielter Wildheit. »Mach uns Ehre, oder du wirst nicht lange genug leben, um etwas bedauern zu können.« Dann lächelte der Minotaurus. »Ehrlich gesagt, habe ich da keine Befürchtungen, Theros. Behalte die Münze als Symbol deiner Freiheit. Viel Glück.«

Huluk ging die Treppe hinauf. Theros blieb zurück. Nur ein Befehl oder eine Einladung des Kaisers persönlich würde es Theros gestatten, das große Gebäude oder die angrenzende Reichsfestung zu betreten, wo der Kaiser lebte.

Theros kehrte zu den Docks zurück. An einem Ende befanden sich die Hafenbüros. Theros trat ein und wartete am Schalter, daß jemand ihm weiterhelfen würde. Er mußte lange warten. Jeder Minotaurus, der hereinkam, wurde vor Theros beraten. Als das Büro schließlich leer war, warf ein Minotaurus Theros einen gelangweilten Blick zu.

»Was willst du, Sklave? Hast du einen Auftrag von deinem Herrn? Rede. Siehst du nicht, daß wir viel zu tun haben?«

Theros blieb höflich. »Ich möchte gern wissen, ob Kapitän Olifac mit seinem Schiff im Hafen ist.«

Der Minotaurus grunzte. »Wer will das wissen?«

Theros zog die Münze aus seiner Tasche und legte sie mit dem Clanemblem nach oben auf den Tisch. »Ich«, wiederholte er.

Der Minotaurus kam zum Tisch und untersuchte die Münze. »Du bist also ein Mitglied des Hrolk-Clans. Mein Clan und ihrer stehen sich sehr nahe.« Er musterte Theros mißtrauisch. »Ich habe nie gehört, daß sie einen Menschen aufgenommen hätten. Vielleicht hast du das gestohlen.«

Theros hielt stand. »Ich bin Theros, und mir wurde von Huluk, dem Gruppenkommandanten der Dritten Armee, die Freiheit geschenkt.«

Der Minotaurus sah ihn mit neuem Respekt an. »Also du bist der Sklave, der dem alten Huluk geholfen hat, den Elfen zu entkommen. Die Geschichte von deiner Tapferkeit hat sich herumgesprochen. Du hast dich als ehrenhaft erwiesen. Das kann ich respektieren. Olifac ist gerade zu einem Raubzug aufgebrochen. Er wird einige Monate fort sein, vielleicht auch länger. Bis er zurückkehrt, werden wir nichts von ihm hören.«

Enttäuscht bedankte sich Theros bei dem Minotaurus und ging wieder nach draußen. Was sollte er nun anfangen? Ihm kam der Gedanke, daß er die Überfahrt von Mithas zum Kontinent womöglich nicht einmal hätte abarbeiten können, wenn Olifac im Hafen gewesen wäre. Theros hatte kein Geld, besaß nichts Wertvolles. Er mußte sich seinen Lebensunterhalt verdienen.

Er ging zu den unteren Märkten.

Die Straßenverkäufer und Geschäfte boten alle möglichen Dinge zum Verkauf an. Ein Geschäft bot frisch gekochte Fleischstreifen an, ein anderes verkaufte Geschirr aus Steingut. Schließlich fand Theros, wonach er gesucht hatte: ein Geschäft mit einem Waffensortiment. Er prüfte die Qualität und erkundigte sich drinnen.

»Entschuldigung, Herr. Ich wüßte gern, ob Ihr mir den Namen des Schmieds verraten könntet, der die Waffen anfertigt, die Ihr ausgestellt habt.«

Der Besitzer war kurz angebunden. »Da mußt du nach Hrall fragen, Sklave. Er verlangt zuviel für die verdammten Dinger. Trotzdem, nach diesem neuen Elfenkrieg und so verdiene ich vielleicht doch noch ein bißchen Geld damit.«

Theros dankte dem Minotaurus und begab sich in das Stadtviertel, wo die Schmiede, Sattler, Schuster und Böttcher lebten und arbeiteten. Beim ersten Schmied machte er halt.

»Was willst du, Sklave?« fragte der Minotaurenschmied.

Theros sah sich in dem Laden um. Er war sauber, aber klein. Hier wurden alle möglichen Werkzeuge und Geräte aus Metall hergestellt, nur keine Waffen.

»Ich suche einen Schmied namens Hrall. Er ist Waffenschmied.«

»Das stimmt, Mensch. Du findest ihn am Ende dieser Straße. Seine Schmiede ist gut.«

Theros verbeugte sich kurz, um seinen Respekt zu bezeugen, und verließ das Geschäft. Er fand die Schmiede und trat ein.

Ein riesiger Minotaurus stand mit dem Rücken zur Tür. Er hämmerte die Klinge eines langen Schwerts in Form. Beim Hämmern sprangen Funken aus Stahl und Feuer von der Waffe fort. Der Geruch des Feuers, der sich mit dem des geölten Leders und dem Holzrauch vermischte, weckte in Theros Sehnsucht nach den alten Zeiten. Er vermißte die Arbeit in der Schmiede, und ganz besonders vermißte er seinen Freund Hran.

Der Minotaurus legte seine Zange und seinen Hammer weg und drehte sich um. Theros fuhr entgeistert zurück.

Vor ihm stand Hran! Es war, als hätte Theros ihn heraufbeschworen. Gerade hatte er an Hran gedacht, und da stand sein alter Freund direkt vor ihm.

Der große Minotaurus säuberte seine Hände an seiner Schürze. »Was ist los, Sklave? Du siehst aus, als hättest du einen Todesritter gesehen!«

Theros verbeugte sich. »Entschuldigung, Herr. Ihr ähnelt einem anderen Minotaurus, den ich einmal kannte. Er war auch ein Schmied, und zwar ein sehr guter.«

»Du mußt meinem Bruder Hran begegnet sein. Mir wurde gesagt, daß er jetzt tot ist. Nun liegt es an mir, den Namen der Familie weiterzutragen. Wo hast du Hran getroffen?«

»Ich habe in der Dritten Armee als Lehrling für Hran gearbeitet. Ich war dabei, als er starb. Ich habe ihn begraben«, sagte Theros leise.

»Du warst dabei? Du hast ihn begraben? Erzähl, starb er wie ein Krieger? Starb er mit der Axt in der Hand?«

»Ja, Herr! Er starb im Kampf gegen die Elfenkavallerie, die unser Lager überfiel. Sie haben uns überrannt, aber er tötete acht Elitekrieger, die mit den Plattenrüstungen und den gerüsteten Pferden. Sie fielen, als sie ihn umzingelten. Er starb mit der Axt in der Hand, ein wahrer Krieger. Ihr könnt stolz auf ihn sein! Er hat gut gekämpft!«

Hrall grunzte. »Glaub nicht, daß mich das überrascht. Bestimmt nicht. Er war wahrlich ein großer Krieger und auch ein großer Schmied. Wir haben uns nicht besonders gut verstanden, mein Bruder und ich. Er beschloß, in den Militärdienst einzutreten, während ich beschloß, meine Waffen gewinnbringend zu vermarkten. Meine Kämpfe finden im Zirkus statt. Er wollte als Soldat kämpfen. Aber dabei wollte er trotzdem Schmied bleiben. Er hat seine Ziele erreicht und ich meine. Wir haben uns nicht oft gesehen. Jetzt tut mir das leid.«

Theros hatte keine Ahnung, was er zu dem Minotaurus sagen sollte, den der Tod seines Bruders offenbar tief bewegte.

»Du warst Sklave bei meinem Bruder, ja?«

Theros nickte.

»Gut. Du wirst hier arbeiten. Ich kaufe dich dem ab, der dich jetzt besitzt.«

Theros zeigte die Münze vor, die Huluk ihm geschenkt hatte. »Herr, ich bin ein freier Mann. Ich gehöre niemandem. Ich bin jetzt Mitglied des Hrolk-Clans. Und ich war nicht Hrans Sklave. Er hat mich zu seinem Lehrling gemacht.«

Hrall war überrascht. »Ich hatte keine Ahnung, daß man heutzutage noch Sklaven freiläßt. Das ist natürlich etwas anderes. Ich müßte dich bezahlen, und das kann ich nicht. Ich leiste gute Arbeit, aber ich verdiene nicht genug Geld, um jemanden einzustellen.«

»Herr, wenn Ihr mich einstellen würdet, würde ich vorerst nur für mein Essen und einen Schlafplatz arbeiten. Hran hat mich viel gelehrt. Ich werde soviel Arbeit leisten können, daß Euer Verdienst steigt. Wenn Euer Geschäft besser läuft, könnt Ihr mich bezahlen.«

Hrall musterte den jungen Mann mit zusammengekniffenen Augen. »Du sagst, du seist Lehrling bei meinem Bruder gewesen? Taugst du denn etwas? Kannst du mit Leder umgehen?«

»Ich bin kein Neuling im Schmieden, Herr, aber ich bin auch kein Meisterschmied. Ich kann die kleinen Arbeiten erledigen, die getan werden müssen, so daß Ihr Euch auf die größeren, anspruchsvolleren Teile konzentrieren könnt. Und ich kann Leder nähen.«

Hrall hatte genug gehört. »Du bist eingestellt. Du kannst in dem Verschlag hinter dem Laden schlafen. Du mußt ihn nur selbst freiräumen. Mit Leder war ich nie so geschickt wie mein Bruder. Wenn du Leder verarbeiten kannst, werde ich dich das Handwerk lehren, von dem Punkt an, wo mein Bruder abgebrochen hat.«

Der Minotaurus und der Mensch schüttelten einander die Hand.

Theros kehrt zum Haus des Obersten Kreises zurück, um Huluk aufzusuchen und ihm zu erzählen, daß er Arbeit hatte. Stundenlang wartete Theros auf Huluk. Niemand kümmerte sich um ihn, niemand nahm von ihm Notiz. Er war ein Mensch und hätte damit genausogut eine Wanze sein können, soweit es die Minotauren betraf.

Plötzlich, kurz vor Einbruch der Nacht, läuteten die Glocken in dem Turm, der das Gebäude des Obersten Kreises krönte.

Aus allen Richtungen kamen Minotauren herbeigelaufen. Sie versammelten sich vor Theros und schubsten ihn beiseite. Ihre Aufmerksamkeit galt den großen Holztüren am Ende der Steintreppe. Mehr und mehr Minotauren strömten auf die Straßen.

»Worauf warten sie denn alle?« Theros fragte sich unruhig, ob das wohl etwas mit Huluk zu tun hatte.

Fast einhundert Minotauren warteten, als schließlich die Türen aufgingen. Zuerst erschienen zwei Wachen in Zeremonienkleidern, gefolgt von den acht Minotauren des Obersten Kreises. Zuletzt marschierten zahlreiche andere militärische Würdenträger heraus, einschließlich Huluk, der durch sein Hinken leicht zu erkennen war.

Aus Respekt vor dem Obersten Kreis wurde die Menge still. Einer der Acht machte zwei Schritte nach vorn.

»Minotauren des Reiches! Wir vom Obersten Kreis haben Klaf, den jetzt toten Kommandanten der jetzt toten Dritten Armee der Minotauren, für schuldig befunden, bedauerliche Fehleinschätzungen getroffen zu haben. Er hat die gesamte Kolonie in Silvanesti wie auch Leben und Ehre von Kriegern der höchsten Ränge in Gefahr gebracht. Sein Clan wird jeder Ehre entblößt und muß diese Ehre im Zirkus wiederherstellen. Der Clan soll Nar-Klaf genannt werden, bis er sich als würdig erwiesen hat.«

Die Menge brüllte begeistert ihre Zustimmung. Ein Minotaurus, der in der Nähe von Theros stand, schüttelte langsam den Kopf. Jemand bemerkte ihn, zeigte auf ihn und schrie: »Nar-Klaf-Bastard!« Der Minotaurus drehte sich um und rannte davon, vielleicht, um seine Familie zu warnen. Ein paar Minotauren warfen mit Steinen nach ihm, doch die meisten drehten sich wieder um, damit sie dem Sprecher lauschen konnten.

»Um Klafs Platz zu besetzen, ernennen wir Huluk, den überlebenden Offizier der Dritten Armee, zu deren neuem Kommandanten. Er wird eine neue Dritte Armee aus Veteranen und Rekruten ausheben und ausbilden. Wir werden nicht in das Land der Elfen zurückkehren, jedenfalls nicht in nächster Zeit. Wir werden an ihnen Rache nehmen, Sargas sei gepriesen, aber jetzt ist nicht der richtige Zeitpunkt.

Damit ist die Erklärung des Obersten Kreises beendet. Laßt alle wissen, daß diese Worte durch die Gnade des Kaisers Gesetz sind.«

Die Minotauren traten zurück, und nun war Huluk an der Reihe. »Krieger des Minotaurenreiches, ich fordere euch auf, euch der neuen Dritten Armee anzuschließen! Was diejenigen unter euch angeht, deren Clanmitglieder an Nar-Klafs Gemetzel teilgenommen haben, so hört zu! Alle Clans außer dem Nar-Klaf-Clan sind hiermit von der Niederlage in Silvanesti reingewaschen. Ich war persönlich Zeuge der Ehre und des Mutes der Kämpfenden, und ich habe gesehen, wie sie sich geopfert haben.«

In der ganzen Menge wurde genickt, und Sargas wurde gepriesen. Jeder Clan in der Hauptstadt hatte einen Angehörigen in der Dritten Armee.

»Die Krieger, die von den Elfen gefangengehalten werden, werden freigelassen und innerhalb eines Monats nach Mithas zurückgebracht. Das ist alles.«

Huluk trat zurück. Die Mitglieder des Obersten Kreises drehten sich um und kehrten in den großen Saal zurück. Die Offiziere folgten ihnen, und zuletzt schlossen die Leibwächter die Türen.

Die Glocken erklangen ein letztes Mal, dann wurden sie still, um nicht mehr auf Mithas vernommen zu werden, bis zehn Jahre später die Armeen zum Krieg der Lanze gerufen werden würden.

Theros wartete noch zwei Stunden. Huluk war immer noch nicht aufgetaucht. Es war schon eine Weile Nacht.

Er beschloß, in die Schmiede zurückzukehren. Im Verwaltungsviertel der Stadt waren die Straßen dunkel. Aus dem

Randbereich der Stadt kam ein Leuchten, dort lagen Gasthäuser und Schenken. Viele Minotauren gingen nach einem Arbeitstag direkt dorthin. Theros wünschte, er könnte sich ihnen anschließen.

Er hatte keine Schwierigkeiten, sich in der Stadt zurechtzufinden. Den Verlauf der Straßen in Lacynos konnte man sich leicht merken. Es war eine geplante Stadt, einige hundert Jahre alt, die unter der Umwälzung wenig gelitten hatte, obwohl sie nicht weit von Istar entfernt gewesen war. So hatte Sargas die Minotauren für das entschädigt, was sie unter den Händen der Kleriker und heiligen Männer aus Istar erduldet hatten.

Theros öffnete die Tür zur Schmiede, trat ein und setzte sich an das Feuer. Es war niemand da. Er hatte Hunger. Sein Magenknurren war sicher einen Block weit zu hören. Er überlegte, ob er Hrall um Essen bitten sollte, aber Stolz und Klugheit rieten von einer solchen Erniedrigung ab. Hrall würde jeden Respekt vor ihm verlieren.

In dieser Nacht schlief Theros in der Schmiede. Trotz seines Hungers lächelte er, als er den Geruch nach Leder, Holzrauch und Schweiß einsog. Die Hitze aus dem Kamin hielt ihn warm.

Mit dem ersten Sonnenstrahl war Theros wach. Hrall kam eine Stunde nach Sonnenaufgang in den Laden, als Theros bereits eifrig alle Werkzeuge und die halbfertigen Waffen untersuchte.

Die dröhnende Stimme von der Tür her ließ ihn aufschrecken. »Was beim Abgrund tust du damit?« schimpfte der Minotaurus.

Theros hielt eine halbfertige Axt in Kampfstellung, als wollte er gerade die Elfenkavallerie angreifen. Beim Klang der Stimme zuckte er zusammen und legte die Axt hin. Schuldbewußt drehte er sich um. Er sah seinen neuen Herrn an, der, sichtlich unzufrieden über die ungewohnte Unordnung in seinem Laden, die Stirn runzelte.

Hrall hob die Axt auf. »Wenn du mit den Sachen hier herumspielst, werde ich dich anspucken und über meinem Feuer rösten.«

Diese Drohung machte Theros keine Angst. Der Gedanke an Essen ließ ihm nur das Wasser im Mund zusammenlaufen und seinen Magen knurren.

»Du hast also noch nichts gegessen, hm? Ich sehe doch den Wolf in deinen Augen, Bursche.« Hrall klang genau wie Hran – außen schroff, aber innen ein Freund.

»Na, dann komm. Ich schätze, wir sollten dir etwas zu essen besorgen.«

Sie gingen hinter den Laden und an dem Lagerschuppen vorbei, der Theros' neues Zuhause sein sollte. Ein Weg führte zur Nachbarstraße. Sie wandten sich nach rechts und betraten das erste Haus. Das war Hralls Haus, und seine Frau brachte Fleisch und Obstwein, dazu hartes Schwarzbrot. Theros bedankte sich und aß eilig, wobei er seine Augen auf das Essen richtete, denn für einen Menschen gehörte es sich nicht, eine Minotaurenfrau direkt anzusehen. Nach dem Essen rülpste er laut, um seiner Gastgeberin zu zeigen, daß das Essen gut gewesen war.

Anschließend kehrten er und Hrall in die Schmiede zurück.

Hrall begann mit den Geschäftsregeln. Er betonte, daß Theros genau das zu tun hatte, was Hrall ihm sagte. Ohne zu fragen.

Theros hörte zu und lächelte. Genau dieselbe Rede hatte auch Hran ihm gehalten.

Theros fühlte sich gleich zu Hause.

Zwei Jahre blieb Theros bei Hrall, in denen er die Techniken und Tricks eines Meisterschmieds erlernte. Als er alles gelernt hatte, was Hrall ihm beibringen konnte, beschloß er, daß es an der Zeit wäre, weiterzuziehen. Auf manchen Gebieten, zum Beispiel der Lederverarbeitung, war er weitaus geschickter als sein Herr. Er hätte seine eigene Schmiede eröffnen können, aber dieses Ziel würde er in Mithas oder Kothas nie erreichen.

Die Minotauren würden einem Menschen nie erlauben, andere Minotauren in den Schatten zu stellen.

Nach jenem Tag beim Obersten Kreis sah Theros Huluk höchstens noch von weitem. Huluk war jetzt ein Held, denn er führte eine neue Dritte Armee zu Paraden und Militärübungen. Im Zirkus wurde er ständig in den Ring gefordert, aber nie besiegt.

Eines Tages sagte Theros Hrall Lebewohl. Der Meisterschmied ließ ihn nur ungern gehen. Er gab ihm gute Ratschläge mit auf den Weg und dann als Geschenk die Axt, mit der Theros geübt hatte, als Hrall ihn an seinem ersten Arbeitstag überrascht hatte.

Nachdem Theros die Schmiede verlassen hatte, hielt er auf den Hafen zu. Er mußte ein Schiff erwischen – die *Jelez Klarr.* Ihr Kapitän war ein Minotaurus mit dem Namen Olifac.

Jetzt konnte Theros für seine Überfahrt bezahlen.

Kapitel 14

»Ich werde dich nicht im Abgrund aussetzen. Dein Blut würde an meinen Händen kleben. Dein Clan würde Rache nehmen. Wenn du hier aussteigen willst, zahlst du mir das Doppelte.«

»Das hier ist nicht der Abgrund!« schnaubte Theros. »Es ist eine Stadt wie jede andere, außer daß man einen guten Schmied hier angeblich dringender braucht als anderswo. Ich habe für meine Überfahrt bezahlt. Bring mich in den Hafen.«

Der Minotaurenkapitän schüttelte seinen gehörnten Kopf. »Für dieses Vorrecht mußt du zahlen. Dann kann mich keiner deiner Freunde anklagen, dich verkauft zu haben.«

Mürrisch bezahlte Theros. Das Minotaurenschiff segelte in den Hafen. Olifac jagte Theros ohne große Umstände vom Schiff. Bis an die Zähne bewaffnet stand die Minotaurenmannschaft an der Reling aufgereiht, auf Feindseligkeiten vorbereitet, und anschließend lichteten sie den Anker und segelten mit der Tide hinaus, um Ruhm in der Schlacht zu ernten.

Theros marschierte durch den Hafen und betrat die Stadt Sanction. Er mußte zugeben, daß ihn das, was er sah, wenig beeindruckte. Allmählich dachte er, er hätte einen Fehler gemacht.

Sanction hatte einen üblen Ruf. Da es von drei Vulkanen umgeben war – den Fürsten des Unheils –, stank der Ort. Erstickender Rauch kroch durch seine Gassen. Kanäle mit geschmolzener Lava flossen durch den Ort wie durch andere Städte Wasserwege. Die Hitze und die Gase, die von diesen Strömen ausgingen, erschwerten das Atmen. Die Bewohner liefen mit abgeschirmten Gesichtern herum, bedeckten Mund

und Nase. Ja, Sanction war eine geschäftige, aufstrebende Stadt, vielleicht gerade deshalb, weil niemandem Fragen gestellt wurden.

Das Geschäftsviertel war voller Lagerhäuser, Läden und Märkte. Die Menschen schoben und drängten sich durch die überfüllten Straßen. Niemand lächelte oder murmelte Theros ein Hallo oder Guten Tag zu. Jeder schien mit seinen eigenen Geschäften genug zu tun zu haben.

Seinen ersten Tag in Sanction verbrachte Theros damit, durch die Straßen zu streifen und die Leute zu beobachten. Er hatte noch nie so viele verschiedene Rassen gesehen. Zahlenmäßig am stärksten vertreten waren die Menschen, aber unter diese mischten sich die kleinen, plappernden Kender (vor denen man Theros gewarnt hatte), ernste, untersetzte Zwerge, gelegentlich in einem Winkel ein Goblin oder Hobgoblin und alle möglichen Mischformen.

Erstaunt nahm Theros wahr, daß Zauberer der Roten und Schwarzen Roben tatsächlich so dreist waren, in Sanction Geschäfte für Zaubereibedarf zu führen. Keine andere Stadt hätte das gestattet. Theros machte einen weiten Bogen um diese Läden und ihre Besitzer. Für Zauberer hatte er nichts übrig.

Er versuchte gerade, sich von einem abfallübersäten Kanal auf der einen Straßenseite und einer Zauberin auf der anderen fernzuhalten, als er jemanden streifte.

»Entschuldigung«, sagte Theros und wollte weitergehen.

»Was soll das heißen, Entschuldigung?« brüllte ihm eine rauhe Stimme ins Ohr.

Theros sah nach unten. Ein Mann in einem rotbraunen Mantel funkelte ihn an und versperrte ihm den Weg. Der Mann war von durchschnittlicher Größe, reichte Theros jedoch nur bis an die breiten Schultern. »Du hast meine Stiefel beschmutzt!«

Der Mann zeigte auf einen Schmutzfleck an der Spitze eines seiner Stiefel.

»Ich habe mich entschuldigt, mein Herr«, wiederholte Theros und wollte den Mann stehenlassen.

Zu seinem Erstaunen und Zorn ballte der Mann die Faust und boxte Theros vor die Brust.

»Putzen!« schnarrte der Mann.

»Putzt es selbst«, sagte Theros und wollte wieder gehen.

Stahlblitzen. Drohende Stimmen. Theros wurde von sechs Männern in kastanienbraunen Mänteln umstellt, von denen jeder ein Schwert trug. Jedes dieser Schwerter zeigte jetzt auf seine Kehle.

»Putz mir den Stiefel«, wiederholte der Mann.

Kein Minotaurus der Welt hätte eine solche Beleidigung geduldet. Theros dachte gerade darüber nach, daß sein Aufenthalt in Sanction unglaublich kurz gewesen war – wie auch sein Leben –, als er eine Hand auf seiner Schulter fühlte.

»Tu, was er sagt«, riet ihm eine Stimme in der Sprache der Minotauren. »Es liegt wenig Ehre darin, in einer Gosse von Sanction zu sterben. Und du warst im Unrecht.«

Theros blickte zu einem großen Minotaurus auf, dessen Kopf und Schultern jeden in der Straße überragten. Was der Minotaurus sagte, stimmte durchaus. Inzwischen hatten sich Schaulustige versammelt. Theros' Gesicht glühte, doch er kniete auf dem Fußweg nieder und putzte dem Mann mit seinem Hemdsärmel den Stiefel.

Der Mann hob den Fuß, setzte ihn Theros vor die Brust und trat zu. Theros kippte nach hinten. Lachend schlenderte der Mann mit seinen Begleitern davon.

Theros sprang auf. Am liebsten wäre er ihnen nachgesprungen. Der Minotaurus betrachtete Theros ruhig.

»Ich habe gesehen, wie du Olifacs Schiff verlassen hast. Was bist du? Ein freigelassener Sklave?«

»Ja«, sagte Theros, während er sich den Staub abklopfte. Er fragte nicht nach dem Minotaurus. Zum einen wäre das unhöflich gewesen, und zum anderen bemerkte er die Kerbe an einem seiner Hörner – ein Zeichen der Ehrlosigkeit, mit dem ihn seine eigenen Verwandten gezeichnet hatten. Er war ein Ausgestoßener.

»Merk dir meinen Rat«, meinte der Minotaurus. »Vergiß es. Keiner besiegt Baron Moorgoths Männer. Sie beherrschen Sanction, jedenfalls vorläufig. Bis ein Stärkerer kommt. Du kannst entweder gegen sie kämpfen und verlieren oder deinen Grips benutzen und an ihnen ein Vermögen verdienen.«

Der Minotaurus ging davon. Theros sah ihn nie wieder, aber über seinen Rat dachte er lange und gründlich nach.

Baron Moorgoth. Konnte das Huluks Freund sein? Huluk hatte nie erwähnt, daß Dargon Moorgoth ein Baron war.

Jetzt war vermutlich nicht der beste Zeitpunkt, zu ihm zu gehen und ihn an alte Freundschaften zu erinnern. Theros besaß zuviel Stolz. Er würde es allein schaffen. Wenn er erfolgreich war, würde er Moorgoth einen Besuch abstatten.

Theros mußte sich fast ein Jahr mit Gelegenheitsarbeiten durchschlagen, ehe er genug Geld gespart hatte, um eine alte Schmiede im Händlerviertel erwerben zu können. Es gab in der Stadt keinen fähigen Schmied, und der Besitzer dieser Schmiede hatte sein Gewerbe schon vor Jahren aufgegeben. Den Laden hatte man als Lagerhaus genutzt, aber die Schmiede, der zentrale Kamin und die meisten Werkbänke standen noch. In der Ecke ruhte ein riesiger Amboß. Als Theros ihn fand, war er mit Warenkisten vollgestellt. Für Theros war er sein Gewicht in Stahl wert.

Er kaufte das Haus zu einem Spottpreis, mehr hatte er allerdings auch nicht. Er war gezwungen, sein Geschäft mit Ledernähen zu beginnen, um für die Werkzeuge zu sparen, die er zur Metallbearbeitung brauchte.

Sechs Jahre später besaß er ein gut eingeführtes Geschäft. Er hatte eine der größten Schmieden in Sanction und den Ruf, Schwerter und Dolche guter Qualität herzustellen. Seinen Erfolg verdankte er Baron Moorgoth und dessen Männern in ihren rotbraunen Uniformmänteln.

Baron Moorgoth war als ungeheuer reicher Mann in Sanction aufgetaucht. Er behauptete, alles wäre geerbt. Es folgten

Gerüchte über einen ermordeten Onkel und gestohlene Juwelen, aber nie konnte jemand etwas beweisen, und Sanction war keine Stadt, in der man viel auf Gerüchte gab. Durch eine Reihe geschickter Investitionen in verschiedene Geschäftsbereiche konnte Moorgoth sein Vermögen verdoppeln und verdreifachen. Seinen Gewinn verwendete er dazu, Männer und Stahl zu kaufen, und mit diesen loyalen Anhängern im Rücken kaufte er noch mehr von Sanction auf.

Er rief sich zum offiziellen Herrscher der Stadt aus, obwohl er es ablehnte, sich mit so weltlichen Angelegenheiten wie der Durchsetzung von Recht und Ordnung oder der Einführung zivilisatorischer Neuerungen abzugeben. Mittlerweile hatte er eine kleine Armee zusammengezogen und hielt, Gerüchten zufolge, Ausschau nach einer Erweiterung seines Einflußbereichs.

Was Moorgoth tat oder nicht tat, war Theros inzwischen gleichgültig. Er hatte jahrelang hart gearbeitet, um seine Künste als Waffenschmied zu verfeinern, und begann gerade, die Früchte seiner Mühen zu genießen. Er war sogar in der Lage gewesen, einen Lehrling anzunehmen, der die Lederarbeiten und andere Aufgaben übernahm, so daß Theros mehr Zeit hatte, sich auf die Kunst des Schwertschmiedens zu konzentrieren.

Die Schmiede stand einige Blocks vom Hafenbereich entfernt. Auf dem Schild vor dem Eingang stand in Gemeinsprache: »Waffen und Rüstungen. Teros Eisenfeld, Eigentümer.« Eisenfeld war der Name, den Theros für sich gewählt hatte. Er diente sowohl als Name als auch als Werbung, denn er zeigte auch, daß Theros auf seine Kunst stolz war. Der Fehler auf dem Schild machte den Bewohnern von Sanction nichts aus. Die meisten konnten ohnehin nicht lesen.

Einer von Moorgoths Wachen war an diesem Morgen sein erster Kunde im Geschäft. Theros warf dem Mann in dem kastanienfarbenen Mantel einen Blick zu, ohne seine Arbeit zu unterbrechen. Er hämmerte auf heißes Metall ein, denn er fertigte ein neues Schwert aus geschmolzenem Stahl an. Die Wache, die wußte, daß sie bei dem Lärm nicht zu hören war, wartete ungeduldig, bis der Schmied eine Pause einlegte.

Theros war in den letzten sieben Jahren nicht mehr viel in die Höhe gewachsen, doch sein Umfang hatte sich seit seinen Tagen bei den Minotauren beträchtlich erweitert. Seine Arme waren gewaltig und muskelbepackt. Seine Brust war so breit wie ein ordentliches Wasserfaß. Seine schwarze Haut glänzte im Licht der Esse. Neben den Minotauren hatte er klein und mickrig gewirkt, die meisten Menschen jedoch reichten ihm nur bis zur Schulter. Jetzt wichen die anderen eilig zur Seite, wenn Theros durch die Straßen von Sanction schritt.

Theros richtete sich auf und stöhnte vor Anstrengung. Die Wache hüstelte, um Theros auf sich aufmerksam zu machen. Der Schmied drehte sich um.

»Ah, Morik. Du kommst wegen deiner neuen Scheide! Ich habe doch gleich gesagt, daß du wiederkommen würdest. Diese schreckliche, zerfledderte Scheide taugt doch nicht für das Juwel, das ich für dich gemacht habe.«

Theros war stolz auf seine Arbeit – das erste Langschwert des Jahres. Ein gutes Zeichen. Anscheinend würde es ein gutes Jahr für Geschäfte werden.

Die Wache zog das Schwert aus der Scheide. »Ehrlich gesagt, nein, Meister Schmied. Die Scheide tut's noch. Aber könntest du einen Hirschfänger machen, der zu dem Schwert paßt?«

Theros lächelte. »Ich sehe, du hast Sinn für die schönen Dinge des Lebens, Morik. Ja, ich kann dir einen passenden Hirschfänger machen. Willst du ihn mit deinem Familienwappen, wie bei dem Schwert?«

Die Wache nickte.

»Sehr schön«, schloß Theros. »Das kostet dich vierzig Stahlmünzen. Die Hälfte jetzt, die andere Hälfte bei Fertigstellung. Ich brauche dazu zwei Wochen.«

»Vierzig Stahlmünzen!« japste die Wache. »Unten bei Malachai dem Zwerg bekomme ich so etwas für fünfzehn!«

»Dann geh nur«, meinte Theros. »Du kennst den Weg.«

»Zwanzig«, bot die Wache an.

Theros ließ sich gar nicht erst zu einer Antwort herab. Er widmete sich wieder seiner Arbeit. An Feilschen war ihm nicht gelegen. Er war der einzige Schmied in der Stadt, der eine Waffe von so guter Qualität herstellen konnte. Malachai der Zwerg konnte nicht viel mehr als Pferde beschlagen und Nägel herstellen.

Der Mann regte sich vergeblich auf und ging schließlich, wobei er einen Blick über die Schulter warf, um zu sehen, ob Theros noch einlenken würde, doch der setzte seine Arbeit fort. Ein paar Minuten später kam die Wache wieder herein – mit der Börse in der Hand.

»Yuri!« brüllte Theros.

Der sechzehnjährige Junge ließ den Lederhandschuh fallen, an dem er nähte, und kam nach vorn.

»Das macht zwanzig Stahlmünzen im voraus, bitte.«

Das Kassieren war Aufgabe des Jungen.

Theros warf das Schwert, an dem er arbeitete, wieder ins Feuer, um es neu zu erhitzen. Er hörte das Gespräch der beiden mit an.

»Läßt dieser Hund denn nie mit sich handeln?« knurrte die Wache.

Yuri schüttelte den Kopf. Er war stolz auf seinen Meister. »Das muß er nicht. Er weiß, wenn Ihr die Waffe wollt, dann zahlt Ihr. Wenn nicht, dann nicht.« Der Junge streckte die Hand aus.

»Er sollte aufpassen, wen er in dieser Stadt beleidigt«, murmelte die Wache, während sie dem Jungen Stahlmünzen in die Hand schüttete. »Manche Leute könnten auf den Gedanken kommen, er spielt sich zu sehr auf.«

Der Junge zählte nach, nickte und ging in den hinteren Teil des Ladens, um das Geld in die Kassette zu legen. Die Wache stürmte hinaus.

Yuri kam zurück. Er hielt einen Moment inne und starrte der Wache durch die Tür nach.

»Du hast ihn beleidigt, Meister. Er gehört zu den besten Leutnants des Barons. Er findet, daß er aufgrund seiner Position mehr Respekt verdient hat und deshalb einen geringeren Preis.«

Theros schnaubte, eine Gewohnheit, die er in seiner Zeit bei den Minotauren angenommen hatte. Auf die Politik der Stadt Sanction oder anderer Städte achtete er nicht.

»Geh zurück an die Arbeit«, befahl er dem Jungen. »Und ich glaube, ich hatte schon gesagt, daß du nur zu sprechen hast, wenn du vorher angesprochen wirst.«

»Ja, Meister.« Yuri seufzte.

Theros tat, als hätte er es nicht gehört. Er behandelte seinen Lehrling genauso, wie er selbst von den Minotauren behandelt worden war. Wenn dieser Weg auch etwas hart war, er war der einzige, den Theros kannte, und er nahm an, daß er durchaus etwas taugte. Yuri mangelte es an Disziplin. Und wenn Theros Yuri auch wie einen Sklaven behandeln mußte, um ihm Disziplin einzutrichtern, dann würde es Yuri sein, der auf lange Sicht davon profitierte. So jedenfalls sah Theros die Sache.

Yuri stellte den Handschuh fertig und begann, an einem kleinen Lederwams zu arbeiten. Er brachte von innen Metallstreifen an, damit die Rüstung nicht zu sehen war. Das Wams war hellgrün und vorn und hinten mit Mustern bemalt.

Als Theros es sah, funkelte er den Jungen an. »Ist dieses Wams immer noch nicht fertig?«

Yuri sah auf und wurde rot. »Nein, Meister! In einer Stunde bin ich soweit. Der Kender kommt erst am späten Nachmittag zurück, also habe ich noch Zeit, es fertigzustellen.«

»Das solltest du auch. Ich will nicht, daß dieser verdammte Kender in meinem Geschäft herumläuft und meine Werkzeuge und Waffen ›ausleiht‹. Wenn du fertig bist, fängst du ihn draußen ab und gibst es ihm dort. Laß ihn nicht durch die Tür! Und sorg auch dafür, daß du gutes Geld für das Teil bekommst.«

Es war eine Woche her, seit der Kender im Geschäft aufgetaucht war. Normalerweise warf Theros Kender umgehend hinaus, aber diesmal war er damit beschäftigt gewesen, eine Klinge zu gravieren, und hatte die Arbeit nicht abbrechen können. Yuri hatte den Kender dummerweise eingelassen, und nachdem er einmal da war, war es schier unmöglich gewesen, ihn wieder loszuwerden. Er war herumspaziert, hatte dies aufgehoben, jenes angesehen und die ganze Zeit über seinen Vater geplaudert – Fallenspringer oder so ähnlich lautete der Name.

Schließlich war Theros in der Lage gewesen, seine Arbeit lange genug zu unterbrechen, um den Kender am Kragen zu packen, wodurch er den kleinen Wicht gerade noch erwischte, bevor der eine Stahlzange in einem seiner Beutel verschwinden lassen konnte. Theros bekam den Kender am Revers zu fassen und begann zu schütteln, denn er wollte seine Zange wiederbekommen und alles andere, was in die Beutel und Taschen gerutscht sein mochte. Dann stellte er den Kender auf den Kopf und schüttelte ihn an den Knöcheln. Die ganze Zeit über kreischte der Kender und versuchte, mit seinem Hupak nach Theros' Beinen zu schlagen. Ein Berg von Dingen flutete über den Boden. Theros' Ärger über das kleine Wesen wurde von Verwunderung ersetzt.

Theros war sicher, daß der Kender noch mehr dabeihatte, aber der Stapel war fast eineinhalb Fuß hoch – fast hundert Dinge lagen dort –, als er ihn absetzte.

Der Kender war beleidigt. »Noch nie in der Geschichte der Fallenspringer ist eine solche Ungerechtigkeit vorgekommen!« Der kleine Kerl sprang herum und versuchte, seine kostbaren Besitztümer wieder einzusammeln. Jeder Versuch wurde von dem riesigen Schmied unterbunden.

»Yuri«, befahl Theros, »durchsuch das Zeug und nimm alles heraus, was mir gehört.«

Yuri durchwühlte die Sachen, wobei er eine Zange, eine Ledernadel, einen kleinen Dolch und Lederbänder fand. Diese Dinge legte er beiseite. Der Rest war ein wahres Wunder. Unter anderem gab es da Karten aller Formate und jedweder Beschreibung, Juwelen, einen Beutel voll Gold, einen Apfelkuchen, der aussah, als hätte er die Umwälzung hinter sich, winzige mechanische Teile, die weder Yuri noch Theros kannte, ein Buch mit Zwergenrezepten, mehrere Knöpfe einer bunten Tunika, ein Paar Handschellen, einen Silberkelch mit solamnischen Wappen darauf und einen kleinen Beutel Glasperlen.

Yuri prüfte ein Messer, dann gab er es an Theros weiter. »Ich glaube nicht, daß das von hier ist, Meister.«

Theros sah sich die Waffe genau an. Allerdings, sie war gut gemacht, stammte aber nicht von ihm. Er warf sie auf den Stapel zurück.

»Das ist zum Kaninchentöten!« erklärte Fallenspringer stolz. »Ich habe es von meiner Tante Kerkerschlüpfer bekommen! Deswegen kam ich zu euch.«

Aus einer weiteren Tasche, einer, die Theros übersehen hatte, zog der Kender eine Börse. »Guck mal, ich habe Geld. Ich möchte, daß du mir etwas machst.«

Theros betrachtete die Börse. »Die gehört einer Frau. Wieviel Gold ist darin?«

Yuri nahm sie hoch und zählte die Münzen. Sein Auge blieb an etwas anderem in dem Stapel hängen, und er zog eine zweite Börse heraus. Auch diese enthielt Gold. »Er muß sie gestohlen haben.«

Der Kender war entrüstet. »Gestohlen? Stehlen! Wie kannst du es wagen! Das ist ein Geschenk von ein paar Damen, die ich in Palanthas kennengelernt habe. Oder war es Solace?«

Yuri zählte das Geld in der zweiten Börse. »Insgesamt hat er einundneunzig Goldstücke!«

Theros schüttelte den Kopf. Er wandte sich wieder an den Kender. »Was sollen wir dir machen? Ein Messer? Ein kleines Schwert?«

Der Kender bekam leuchtende Augen. »Ein Messer habe ich schon. Und ich glaube nicht, daß ich mit einem Schwert besonders gut wäre. Was habt ihr denn noch anzubieten?«

Theros dachte einen Augenblick nach. Während des Handgemenges hatte er dem Kender das Wams zerrissen. »Wie wäre es mit einem nagelneuen Wams?«

Der Kender hopste herum. »Mit einer Menge Taschen? In bunten Farben? Mit einem schicken Verschluß vorn? Und einem Ärmel, in dem ich Sachen verstecken kann?«

»Yuri wird dir ein buntes Lederwams mit einer Menge Taschen machen. Er wird Stahlstreifen hineinsetzen, damit du vor kleinen Klingen geschützt bist, und es so füttern, daß es im Winter wärmt. Es kostet gerade so viel Gold, wie du in diesen Börsen hast. Einverstanden?«

Fallenspringers Haarknoten war vom heftigen Nicken auf und ab geschlenkert. Theros hatte dem Kender aufgetragen, in einer Woche wiederzukommen, und Yuri hatte sofort mit der Arbeit begonnen.

Die Woche war um. Das Wams war fast fertig. Yuri setzte nur noch die letzten Metallstreifen ein, befestigte sie am Stoff und deckte sie ab. Von außen gab es kein Anzeichen dafür, daß es ein besonderes Kleidungsstück war. In das Futter und in die Ärmel waren jedoch einunddreißig verschiedene Taschen und Beutel eingenäht. Yuri war mit seiner Arbeit zufrieden. Er hatte alles selbst entworfen.

Theros fand, es wäre eine gute Arbeit, sprach es aber nicht aus. Er mußte die Disziplin aufrechterhalten.

Yuri plauderte wie üblich. »Weißt du, Meister, ich glaube, ich würde einen guten Kender abgeben! Wäre das nicht ein lustiges Leben? Immer herumreisen und interessante Leute treffen.«

Theros knurrte. Er war nicht in gesprächiger Stimmung. Er war niemals in Stimmung. Das Leben war rauh und hart, und je eher junge Leute wie Yuri diese Lektion lernten, desto besser.

»Mach, daß du fertig wirst. Ich will diesen Kender nicht noch einmal in meinem Laden sehen.«

Innerhalb von einer Stunde war Yuri fertig und brachte das

Wams nach draußen. Schon kurz darauf kam Fallenspringer die Straße hochgeflitzt.

Theros, der doch neugierig war, hielt durch das Fenster Wache. Der Kender umschlang Yuri in einer freundlichen Umarmung. Yuri war wahrscheinlich froh, daß er sorgfältig seine Taschen ausgeleert hatte, bevor er hinausgegangen war.

»Ist es fertig? Ist es fertig? Wie sieht es aus?« Fallenspringer hopste vor Aufregung auf und ab.

Yuri hielt das fertige Wams hoch. Der Kender war hingerissen. Er hielt vor Freude tatsächlich volle drei Sekunden den Mund.

Er probierte das Wams an. Es paßte gut. Die drei Messingverschlüsse waren eigentlich für Kästen gedacht, aber das wußte Kender nicht, und sie hielten das Wams zusammen. Er untersuchte jede Tasche, jeden Saum. Schließlich nahm der Kender das Kleidungsstück ab und prüfte die Außenseite. Vorn und hinten war es mit verschiedenen Stoffarben bemalt, wodurch zahlreiche versteckte Taschen geschickt verborgen wurden. Die Säume waren praktisch unsichtbar. Theros fand die Farbzusammenstellung absolut gräßlich, aber Fallenspringer schien sie sehr zu gefallen.

»Also gefällt es dir?« fragte Yuri.

»Und du sagst, es hat noch eine eingenähte Rüstung, ja?« Fallenspringer war zu aufgeregt, um zu antworten. »Also, faszinierend! Nun, ich bin durchaus bereit, euch diese wirklich hübsche Börse zu geben –«

»Zwei Börsen«, erinnerte ihn Yuri. »Es waren zwei Börsen.«

»Hm, also, ich habe keine zwei Börsen mehr. Ich habe nur die eine.« Der Kender durchwühlte seine Beutel und zog die eine Börse heraus. Das Gold war noch darin, aber wo war die zweite Börse?

»Was gedenkst du uns anstelle der zweiten Börse zu geben? Schließlich hatten wir eine Abmachung. Das ist eine Frage der Ehre.« Yuri senkte die Stimme, um ganz wie sein Meister zu klingen, was Theros insgeheim sehr belustigte.

Der Kender sah einen Augenblick verwirrt aus, dann begann er, wieder seine Beutel zu durchstöbern. Er brachte einen Hundeschädel zum Vorschein. »Das sind die Knochen eines alten Drachens aus grauer Vorzeit. Die könntet ihr kriegen, glaube ich, aber –«

»Das könnte ein alter Pudel gewesen sein«, stellte Yuri angewidert fest. »Jedenfalls war es kein Drache.«

Der Kender warf den Schädel zurück in den Beutel und suchte weiter. »An Karten bist du nicht interessiert?«

Yuri schüttelte den Kopf.

Ein glänzender Stein fiel aus dem Beutel, als Fallenspringer tiefer hineingriff. Der Stein war ein Silberklumpen von der Größe einer Männerfaust. Yuri bückte sich und hob ihn auf. »Wie wäre es damit?«

»Das? Mein Briefbeschwerer? Ja, klar, wenn du ihn wirklich willst. Ich habe noch bessere Steine.«

Yuri hielt den Klumpen hoch und untersuchte ihn. Theros sah schon von weitem, daß das Silber mindestens dreißig Goldstücke wert war. Yuri zählte weitere dreißig Münzen aus der Börse. Dem Kender fehlten immer noch mindestens dreißig Goldmünzen. Theros verhielt sich still, denn er wollte abwarten, was Yuri tat.

Der Kender hatte seine alte Jacke abgeworfen und sortierte all seinen Besitz in das neue Wams um. Eine halbe Stunde später, nach »Oh, da ist das hingekommen«, und »Ich wußte gar nicht, daß ich eins davon habe!«, zog er das Wams an.

»Einverstanden?« fragte der Kender eifrig.

Yuri mochte den Kender offenbar und freute sich darüber, daß ihm das Wams so gut gefiel.

»Einverstanden«, sagte Yuri schließlich.

Theros runzelte die Stirn.

Fallenspringer schüttelte Yuri mit ausladenden Bewegungen die Hand und bedankte sich für das Wams. Yuri entzog sich ihm schnell und überprüfte, ob er die Börse und den Silberklumpen noch hatte.

Fallenspringer rannte davon. Yuri kam in die Schmiede zurück.

Theros legte seine Arbeit nieder. »Und, hat er bezahlt, was er versprochen hatte?«

»Nein, Herr, nicht ganz. Er hatte dreißig Goldstücke und ein Stück Silber, das mindestens dreißig wert ist. Ich finde –«

Theros schlug dem jungen Mann ins Gesicht.

»Ein ehrenvoller Handel ist ein ehrenvoller Handel. Er hätte bezahlen müssen, was abgemacht war, oder du hättest das Wams behalten und die Wache rufen sollen!«

Yuri wich zurück. »Tut mir leid, Herr, ich dachte nur –«

»Mehr will ich von dir nicht hören. ›Tut mir leid‹ reicht nicht, wenn die Ehre befleckt ist! Er wird herumerzählen, daß man mich zum Narren halten kann!« Theros ging wieder an die Arbeit und begann mit Macht zu hämmern.

Yuri schlich zurück an seine Arbeit.

Der junge Mann hatte wirklich noch viel zu lernen.

Gegen Ladenschluß, als die Sonne lange Schatten über die Stadt warf, betrat ein Mann die Schmiede. Er war mit einem kastanienfarbenen Mantel bekleidet. Seine Kapuze war tief über seinen Kopf und das Gesicht gezogen. Er machte die Tür hinter sich zu und blieb einen Moment lang stehen, damit seine Augen sich an den Kontrast zwischen der Dunkelheit draußen und dem hellen Licht der Schmiede anpassen konnten. Ohne ein Wort zu sagen, zog er die Kapuze vom Kopf.

Der Mann mußte um die fünfzig sein, wenn man ihn nach seinen kurzgeschnittenen, grauen Haaren beurteilte. Seine Zähne waren unregelmäßig, einige fehlten, und er hatte mindestens zwei Narben auf der linken Wange. Theros hatte das Gefühl, den Mann zu kennen, aber er konnte ihn nicht einordnen.

Ein Soldat, befand Theros. Und zwar ein Veteran. Theros wußte, daß er ihn schon einmal gesehen hatte. Aber wo? Wahrscheinlich auf der Straße oder in der Taverne.

Theros hämmerte weiter. Er hatte die Rohform eines neuen Schwerts fertiggestellt und versah jetzt die Klinge mit einer guten Schneide. Kurz darauf legte er den Hammer hin und stieß das Schwert wieder ins Feuer. Er wandte sich dem Mann zu.

»Was kann ich für Euch tun, Fremder? Ein neues Schwert oder vielleicht einen Dolch?«

Der Mann stand einen Augenblick reglos da und musterte den Schmied. »Ihr seid Theros Eisenfeld, einst Sklave der Minotauren, jetzt Mitglied des Hrolk-Clans. Ist das richtig?«

Die alten Namen und Gesichter traten nach langer Pause wieder in sein Gedächtnis. »Ja, ich bin Theros Eisenfeld. Obwohl es Euch nicht kümmern sollte, wer ich bin. Möchtet Ihr eine Waffe oder eine Rüstung?«

Der Mann hob eine lederbekleidete Hand. »Alles zur rechten Zeit, Eisenfeld. Ich höre, daß Ihr hohe Preise für Eure Dienste verlangt und daß Ihr nicht mit Euch handeln laßt. Seid Ihr wirklich so gut, wie Ihr behauptet?«

Theros zuckte mit den Schultern. »Fragt doch die Leute von Sanction. Sie werden Euch verraten, ob ich meinen Preis wert bin oder nicht. Beurteilt die Qualität meiner Ware doch selbst.«

Der Mann sah einige Schwerter an, die auf dem Tisch lagen, ohne sie jedoch zu berühren.

»Soweit ich ferner weiß, seid Ihr nach Sanction gekommen, um Dargon Moorgoth zu treffen. Aber Ihr habt anscheinend das Interesse an ihm verloren. Ihr habt ihn nie aufgesucht. Hättet Ihr Interesse, ihm jetzt einen Besuch abzustatten?«

»Ich verdiene genug Geld, und ich habe es zur Zeit nicht nötig, jemanden zu besuchen«, erwiderte Theros. »Nein, ich habe kein Interesse daran, Baron Dargon Moorgoth kennenzulernen. Warum?«

Der Mann mit dem kastanienfarbenen Umhang musterte ihn eindringlich. »Es sieht so aus, als würde Dargon Moorgoth *Euch* gerne kennenlernen, Eisenfeld. Er möchte sich heute abend mit Euch treffen. Werdet Ihr kommen?«

Die Vorstellung, endlich dem großen Baron Dargon Moorgoth zu begegnen, war verlockend. Theros würde sein Geschäft ohnehin über Nacht schließen. Er hatte niemanden, zu dem er heimkehren würde, also warum nicht? Vielleicht brauchte Moorgoth ein gutes Schwert. Hinter dem Mann lauschte Yuri und nickte heftig. Jetzt konnten sie beide ihr Glück machen.

»Sagt Baron Moorgoth, daß wir uns im Gasthaus ›Zur Rülpsenden Furie‹ in der Mittelstraße treffen können. Sagt ihm, er soll seine Börse mitbringen, denn er zahlt die Rechnung. Ich werde eine Stunde nach Ladenschluß dort sein.«

Theros kehrte dem Fremden den Rücken zu. Nachdem er das Schwert aus dem Feuer genommen hatte, kehrte er damit zum Amboß zurück, nahm den Hammer und begann weiterzuhämmern. Der Fremde verschwand.

Immerhin, dachte Theros, springt für mich ein Abendessen dabei heraus.

Kapitel 15

Der Raum in der »Rülpsenden Furie« war dunkel und voller Rauch. Das Feuer an der Wand auf der anderen Seite war nicht sehr gut belüftet. An manchen Tagen konnte man durch den Dunst des Holzrauchs und des Pfeifenkrauts kaum richtig sehen. Sogar das Essen schmeckte nach Rauch; er durchzog einfach alles.

Theros machte das nichts aus. Das war nicht einmal halb so schlimm wie den ganzen Tag an der heißen Esse zu stehen und Metall zurechtzuhämmern. Das wahre Erfolgsgeheimnis des Hauses war seine Methode, Bier zu kühlen. Niemand – jedenfalls niemand, der redete – verriet das Geheimnis, wie die Fässer kühlgehalten wurden. Die Schankmädchen stiegen in den Keller hinunter, holten große Krüge Bier und trugen sie herauf. Außer ihnen durfte niemand dort hinunter.

Der Kontrast zwischen heißem Essen, dem heißen Feuer und dem eiskalten Getränk war wirklich ein Genuß. Den ersten Krug kippte Theros in einem Zug in sich hinein, bevor er sich hungrig über einen halben Laib Brot und einen Teller Hühnersuppe hermachte. Die rauchige Note, über die alle sich beklagten, schmeckte er nicht heraus. Er bemerkte sie überhaupt nicht. Minotauren waren viel unempfindlicher, was ihre Eßgewohnheiten betraf.

Theros dachte an seine mageren Tage als Sklave an Bord des Minotaurenschiffes zurück, und er war dankbar über die Veränderung. Damals hatte er warten müssen, während seine Herren vor ihm bedient wurden. Er hatte sich mit den Resten begnügen müssen.

Jetzt aß und trank er für drei, aber er arbeitete auch für drei. Er leerte gerade seinen dritten Teller Suppe, als der Mann mit dem rotbraunen Mantel das Wirtshaus betrat und in der Tür stehenblieb, von wo aus er sich vorsichtig umsah, genau wie bei seinem Besuch in Theros' Schmiede. Nach einigen Augenblicken warf der Mann seine Kapuze zurück und kam an den Tisch.

Als die Leute im Gasthaus den Mann erblickten, sprangen sie auf. Der Wirt kam hinter der Theke hervorgelaufen und verbeugte sich unentwegt, bis es an ein Wunder grenzte, daß sein Kopf nicht hinunterkullerte. Die Mädchen knicksten und ließen alles fallen, was sie gerade in den Händen hielten.

Theros aß weiter. Der Mann in Braun kam geradewegs auf ihn zu.

»Theros Eisenfeld. Ich bin froh, daß Ihr Euch entschlossen habt, Eure Verabredung einzuhalten. Wirklich sehr froh.«

Theros sah auf. Er kaute noch. »Was sollte Euch das kümmern? Legt Baron Moorgoth noch etwas drauf, wenn ich auftauche?«

Der Mann setzte sich hin, ohne zu fragen. Theros winkte dem Schankmädchen.

»Ich nehme das Übliche«, sagte der Mann, »und ich möchte dieselbe Suppe wie mein Freund hier.«

»Nennt mich nicht Freund. Ich bin hier, um Euren Kommandanten zu treffen. Euch brauche ich dazu nicht.« Theros aß weiter.

»Ja, aber ...!« Das Schankmädchen war schockiert. »Wißt Ihr denn nicht –«

»Still, Marissa. Kümmere dich um deine Arbeit«, befahl der Mann. Er schien irgend etwas höchst amüsant zu finden. Er lehnte sich zurück. »Ihr wißt wirklich nicht, wer ich bin, nicht wahr? Ich bin Dargon Moorgoth. Baron Dargon Moorgoth.«

Theros blickte den Mann unbeeindruckt an. Jetzt wußte er, wo er den Mann gesehen hatte. Wenn er nämlich in seiner schönen Kutsche durch die Stadt gefahren war oder auf dem

Marktplatz seine Truppen inspiziert hatte. Vor kurzem war der Baron mit einer Armee monatelang fortgewesen und mit Wagenladungen voller Beute zurückgekehrt.

»Na gut, dann seid Ihr eben Baron Moorgoth. Was soll ich jetzt tun? Mich verbeugen und Euch die Füße küssen wie jeder andere in Sanction? Und wozu das Versteckspiel? Warum sagt Ihr mir nicht gleich, wer Ihr seid und was Ihr wollt?«

Moorgoth lächelte. »Ich habe gehört, Ihr wärt ein Mann, der die Dinge auf seine Weise angeht. Ich habe auch gehört, daß Ihr es abgelehnt habt, meine Wachen bevorzugt zu behandeln. Ich wollte mich davon persönlich überzeugen. Sie hatten recht. Ihr behandelt mich jetzt nicht anders als vorher, wo Ihr mich für einen gewöhnlichen Soldaten hieltet. Das gefällt mir.«

»Gut. Ein Glück.« Theros hatte für Spielchen nicht viel übrig. »Und welches Geschäft führt Euch zu mir?«

»Geschäft? Mein Geschäft heutzutage ist Eroberung. Ich habe vor, meine Güter über Sanction hinaus zu erweitern. Meine Männer brauchen gute Waffen und Rüstungen. Meine Aufgabe ist es, die Männer auszubilden und sie in die Schlacht zu führen. Eure Arbeit wird es sein, sie auszurüsten. Um es kurz zu machen, ich brauche einen neuen Schmied für meine Armee.«

Theros dachte an seine Tage bei der Minotaurenarmee zurück. Er erinnerte sich an die Aufregung, als sie sich auf die Schlacht vorbereitet hatten, an die Stunden schneller, wie besessener Arbeit, in denen sie sich für den Kampf gerüstet hatten; an den Stolz bei dem Wissen, daß seine Waffen und Rüstungen ihre Pflicht getan hatten. Er fand die Aussicht interessant – einen Augenblick lang. Dann fielen Theros die Härten wieder ein, die viele, schwere Arbeit, das Schlafen auf dem Boden, das kalte Essen, die Wagenfahrten über rauhes Gelände bei Wind und Wetter.

Er dachte an sein gemütliches, kleines Haus – nicht groß, aber behaglich. Er dachte an kaltes Bier und heiße Suppe.

Theros schüttelte den Kopf. »Was könnt Ihr mir schon anbieten, das ich nicht schon hätte? Heute habe ich über fünfzig Goldstücke mit einem einzigen verstärkten Wams verdient. Könnt Ihr mir so gutes Geld anbieten?«

Moorgoth lachte. »Ihr meint das Wams, das Euer Bursche für den Kender gemacht hat? Gute Arbeit, richtig, aber die kleine Ratte kannte überhaupt nicht den Wert, um den er verhandelt hat.«

Theros runzelte die Stirn. »Ihr wollt doch nicht andeuten, daß ich ein Dieb wäre, Moorgoth? So beginnt man keine geschäftlichen Verhandlungen. Der Kender hat ein Schnäppchen gemacht. Was ich auch mache, ich bin fair.«

»Ihr seid ein Soldat, Theros Eisenfeld, und ehrenhaft wie ein Minotaurus, sagt Huluk. Huluk hat mir von Euch geschrieben. Leider hatten wir damals schon einen Schmied, und er war gut. Den Brief von Huluk aus dem Clan Hrolk, in dem er Euch vorstellt, habe ich noch. Ich erinnere mich an Huluk. Er war ein wahrer Krieger. Eines Tages werden wir ihn hier auf Ansalon wiedersehen. Wie ich höre, kann seiner Dritten Armee keine andere das Wasser reichen.«

Er machte eine Pause, um einen Schluck Bier zu trinken. Theros beendete seine Mahlzeit und schob den Teller beiseite.

»Mein Schmied ist tot«, fuhr Moorgoth fort. »Letzten Monat, als ich ein Zwergenlager überfiel, wurde meine Nachhut angegriffen. Ich habe die Bodentruppen geschlagen, aber nicht ohne Verluste. Wir haben genommen, wozu wir gekommen waren, und verschwanden. Trotzdem bleibt die Lücke in meiner Einheit. Einen neuen Quartiermeister und einen neuen Bogenmacher habe ich gefunden. Jetzt brauche ich noch einen neuen Schmied für Waffen und Rüstungen.«

Theros brummte: »Kein Interesse. Hier, wo ich bin, geht es mir gut.«

Moorgoth schob seinen Teller weg und lehnte sich zurück. »Ich bin bereit, Euch tausend Stahlstücke zu zahlen, wenn Ihr mitkommt, dazu jeden Monat einen solchen Edelstein, solange Ihr bleibt. Darüber hinaus garantiere ich, daß ich jeden zu einem Kurs von hundert Goldstücken zurückkaufe, wenn Ihr sie nicht anderswo besser verkaufen könnt.«

Theros ließ sich den Edelstein geben, damit er ihn untersuchen konnte. Der Baron legte den Stein in Theros' riesige, schwielige Hand. Theros sah ihn an, dann gab er ihn zurück. »Ihr hättet vor sieben Jahren zu mir kommen sollen. Damals wäre ich interessiert gewesen. Jetzt kann ich mir so etwas selbst kaufen, wenn ich das will.«

Moorgoth versuchte weiter, ihm die Sache schmackhaft zu machen. »Ihr könnt Euer Geschäft behalten, Eisenfeld. Schließt es einfach, solange Ihr fort seid. Ich gebe Euch einen Dreijahresvertrag. Ich würde sogar eine Wache anheuern, die auf Euer Geschäft achtgibt, solange Ihr fort seid. Das kostet Euch nichts extra.«

Theros war beeindruckt. Ein wenig Interesse hatte er nun doch, wenn auch widerwillig.

»Und was muß ich tun, um diesen Reichtum zu verdienen? Denn wenn Ihr jeden in Eurer Armee genauso großzügig bezahlt wie mich, müßt Ihr wohl bald nicht mehr einzelne Zwergenlager, sondern die Hallen von Thorbardin plündern.«

Moorgoth trank einen tiefen Schluck Bier. »Ihr wißt ebensogut wie ich, daß es nicht schwer ist, neue Soldaten zu finden. Junge Männer und Frauen sind immer darauf aus, sich zu beweisen, ihr Leben für Beute aufs Spiel zu setzen. Und ich habe gute, erfahrene Veteranen, die das Rückgrat meiner kleinen Armee sind. Was ich brauche, ist ein geschickter Mann, und ich habe keine drei Jahre Zeit, bis ein anderer Schmied die hohe Kunst des Schwertschmiedens gelernt hat. Ich brauche einen geschickten Schmied, einen, der im Feld schnell gute Arbeit leisten kann. Ihr könnt Euren Gehilfen mitnehmen. Ich zahle ihm das Doppelte von dem, was er jetzt bekommt.«

Das Schankmädchen, Marissa, eilte herbei, um zu fragen, ob der Baron gern ein neues Bier hätte.

»Ja, danke dir.« Er zwickte sie.

Das Schankmädchen lächelte ihn strahlend an und verschwand mit einer schwungvollen Drehung, bei der ihre wohlgeformten Beine sichtbar wurden.

Theros sah ihr nach. In all den Jahren, die er in diese Schenke kam, hatte sie ihn niemals so angesehen. Zugegeben, er war nicht gerade der Schönste, und vermutlich waren seine Manieren durch das lange Leben bei den Minotauren ungehobelt. Dennoch, auch der Baron war kein Schönling, und die Frau hatte ihn nett angelächelt. Geld und Macht, dachte Theros. Das ist es, was den Unterschied macht. Wenn ich ihr diesen Edelstein in die Hand legen würde, würde sie mich auch anlächeln.

Tief in ihm fragte eine Stimme: »Und wünschst du dir eine Frau, die nur lächelt, wenn sie dafür bezahlt wird? Und willst du wirklich für diesen Mann arbeiten, obwohl du ihn nicht magst?«

Theros schnaubte. Er lehnte sich vor. »Nein, danke, Baron. Wie ich schon sagte, vor sieben Jahren – vielleicht. Wenn Ihr einen Schmied sucht, schlage ich Malachai den Zwerg vor. Er könnte interessiert sein. Ich bin es nicht.«

Der Baron versuchte es auf diese oder jene Weise, aber Theros lehnte weiterhin ab. Schließlich sah es so aus, als würde Moorgoth aufgeben. Er schien Theros nichts nachzutragen, sondern wandte sich anderen Dingen zu.

Das Schankmädchen kam mit zwei vollen Krügen Bier zum Tisch zurück. Moorgoth faßte das Mädchen um die Taille und zog sie zu sich heran. »Meine Männer und ich ziehen bald in die Schlacht. Soll ich dir eine Kleinigkeit mitbringen?«

Das Mädchen kicherte und versuchte – mit Nachdruck –, sich ihm zu entziehen. »Oh, ja! Das wäre wunderbar, Herr!« Sie schmiegte sich an ihn. Sie wußte, wie man sich Freunde machte.

»Ich hätte es wirklich gern, wenn dieser Mann da, Theros Eisenfeld, sich meiner Armee anschließen würde. Glaubst du, du könntest ihn überzeugen, mir diesen Gefallen zu tun?«

Das Mädchen bekam große Augen. Sie hatte Theros in den letzten Jahren schon oft im Wirtsraum gesehen, ohne viel auf ihn zu achten. Jetzt betrachtete sie ihn mit mehr Respekt.

»Ich weiß nicht recht, was ich sagen soll, damit er es sich anders überlegt«, meinte sie.

Moorgoth gab dem Mädchen einen Schubs in Richtung Theros. Sie geriet ins Schwanken und landete auf Theros' Schoß. »Ich bin sicher, du denkst dir etwas aus, meine Liebe.«

Bewundernd glitten Marissas Augen über die kräftigen Muskeln des Schmieds. Sie fuhr mit der Hand über seine Schultern. Drei Goldstücke hatten den Besitzer gewechselt, als sie bei Dargon Moorgoth gesessen hatte.

Theros wußte zu diesem Zeitpunkt nichts davon. Er legte der Frau seinen Arm um den Leib. »Sag zu mir, was du willst. Du bist eine sehr hübsche Frau!«

Das Mädchen schmiegte sich enger an ihn und blickte ihm in die Augen. »Oh, Herr. Meint Ihr das wirklich?« fragte sie geziert.

Moorgoth lächelte und stand auf. »Ich gehe schlafen, Theros Eisenfeld. Ich hoffe, Ihr ändert Eure Meinung und entschließt Euch, mit Moorgoths Soldaten zu ziehen. Vielleicht komme ich morgen vorbei, und wir plaudern noch einmal miteinander.« Damit drehte er sich um und ging.

Das Schankmädchen stand auf und begann, Geschirr und Krüge abzuräumen. Sie trug sie in die Küche, dann lief sie zum Wirt. Die beiden flüsterten einige Augenblicke miteinander, und der Mann bekam ein paar Münzen zugeschoben.

Sie kehrte an Theros' Tisch zurück und nahm seinen inzwischen leeren Krug. Als sie sich vorbeugte, streiften ihre Haare Theros' Gesicht. Sie flüsterte ihm ins Ohr: »Wir treffen uns in einer halben Stunde oben in Zimmer Zwei.«

Sie drehte sich um und brachte den Krug weg.

Theros hatte Herzklopfen. Er bewunderte das Schankmädchen schon lange. Jetzt wurde er einmal bewundert. Er war nicht länger nur der Schmied der Stadt.

Er ging nach oben.

Den Raum fand er ohne Schwierigkeiten, obwohl der Gang schlecht beleuchtet war. Die Kerzen in den Wandhaltern erhellten die Nummer auf der Messingtür. Vor der Tür zögerte er, dann öffnete er sie, ohne zu klopfen. Rasch blickte er sich um. Es war niemand im Zimmer.

Das Bett war groß genug für zwei, und in einer Ecke standen ein Tisch und ein Stuhl. Nahe der Tür befand sich ein kleiner Tisch mit einer Waschschüssel und einem Krug Wasser, und neben der Schüssel lag ein Rasiermesser. An einem Haken an der Wand hing ein kleines Handtuch. Es war wirklich ein gut ausgestattetes Zimmer.

Zaghaft probierte Theros das Bett aus. Es war weich. Eine Daunendecke bedeckte die Strohunterlage, so daß die piekenden Halme sauber von dem Stoff bedeckt waren. Auf der Decke lagen Laken und eine Überdecke.

Theros legte sich auf das Bett und schloß die Augen. Heute kam er sich vor wie ein Mann des Schicksals. Man hatte ihn eingeladen, sich einer Armee anzuschließen. Er hatte abgelehnt, aber die Erinnerung an die alten Zeiten ließen ihn sich fragen, welche Ziele diese Armee wohl hatte, wie viele Männer sie zählte und wie sie ausgerüstet war. Darüber dachte er nach, als die Tür aufging.

Das Schankmädchen schlüpfte herein und machte die Tür hinter sich zu. Sie kam herüber und setzte sich zu Theros auf das Bett.

Sie legte ihre Hände auf seine Brust und sah ihm in die Augen. »Mein Name ist Marissa.«

Theros wollte ihr sagen, wie er hieß, aber sie brachte ihn mit einem Kuß zum Schweigen. Er nahm sie in die Arme und zog sie an sich.

Marissa wich etwas zurück. Mit der Hand fuhr sie durch seine kurzen, schwarzen Locken. »Ich kenne deinen Namen, und ich bedauere, daß ich dich noch nie bemerkt habe, Theros Eisenfeld«, sagte sie leise, atemlos.

Dann griff sie in ihr Mieder, zog drei Goldstücke heraus und reichte sie Theros.

»Was soll das?« fragte er erstaunt.

»Du hast mir für das Essen zuviel bezahlt«, antwortete sie lächelnd.

»Aber –«

Marissa küßte ihn erneut. Sie redeten nicht mehr über Geld. Und sie erwähnte auch kein einziges Mal, daß er sich Moorgoths Truppen anschließen sollte.

Diese Nacht würde Theros niemals vergessen.

Kapitel 16

Theros erwachte, als ihm die Sonne in die Augen schien, und er schaute sich um, ohne seine Umgebung zu erkennen. Dann fielen ihm der Vorabend und seine Nacht mit Marissa wieder ein.

Er legte sich wieder hin, obwohl er merkte, daß sie fort war. Noch immer roch er ihr Parfüm in den Laken. Die Sonne stand noch auf gleicher Höhe mit seinem Fenster, also war es noch früh. Er mußte nicht sofort gehen. Vielleicht würde Marissa zurückkommen.

Heute würde ein guter Tag für Theros sein. Er würde zur Arbeit gehen und mit dem neuen Schild beginnen, den er einem von Moorgoths Männern versprochen hatte. Jetzt, da die Armee ihren Aufbruch plante, würde Theros zweifellos soviel Arbeit haben, wie er in den nächsten paar Tagen nur bewältigen konnte. Er würde viele Stunden arbeiten, aber für die zusätzliche Zeit würde er auch mehr verlangen. Dann würde er in der Juweliergilde vorbeischauen und einen jener Edelsteine kaufen, die Marissa so hübsch fand.

Marissa. Die letzte Nacht war die erste gewesen, in der Theros nicht allein geschlafen hatte, seit er vor sieben Jahren in Sanction angekommen war. Mehr als einmal hatten Frauen in seine Richtung geblickt, aber er hatte sie nie zu mehr ermutigt. Er wußte nicht, wie man mit Frauen redete. Sie schienen zu erwarten, daß Männer über Dinge wie Mondschein und Rosen sprachen. Das einzige, was Theros über das Mondlicht wußte, war, daß es Nachtmärsche gestattete. An den Dingen, über die er gerne sprach, schienen Frauen überhaupt kein Interesse zu haben – welchen Stein man am besten zum Schwertschärfen benutzte, wie man Stahl von guter Qualität herstellte.

Jedenfalls bis er Marissa kennengelernt hatte. Letzte Nacht hatten sie geredet und geredet, und zwar nicht über das Mondlicht.

Er stand auf, wusch sich in der Schüssel das Gesicht und rasierte sich. Nachdem er sich angezogen hatte, ging er die Treppe zur Wirtsstube hinunter. Dort gab es Frühstück.

Er sah sich nach Marissa um. Sie war nirgends zu sehen. Theros bestellte einen Teller Eier und Brot, dazu tarbäischen Tee und einen halben Apfel. Zum Herunterspülen wählte er Apfelwein.

Nach dem Essen ging er auf die Straße und marschierte zu seinem Geschäft. Yuri war schon da; er öffnete gerade die Läden. Yuri war ein guter Arbeiter, geschickt in der Bearbeitung von Leder. Zum Schmieden war er nicht stark genug, aber er konnte all die kleinen Arbeiten erledigen, für die Theros keine Zeit hatte – Lederarbeiten, das Anfertigen von Pfeilen und Speerspitzen, die Arbeit an Rüstungen. Yuri war jung, aber er lernte rasch.

Irgendwann würde Theros Yuri das vielleicht sagen. Dann dachte Theros an Hran und dessen Ausbildung. Lob stieg einem leicht zu Kopf. Am besten führte er Yuri straff am Zügel. So würde er schneller lernen.

Als Theros zur Schmiede kam, überraschte es ihn nicht, daß davor einer von Moorgoths Männern auf der Straße herumlungerte. Er wartete offenbar darauf, daß der Schmied aufmachte.

Theros nickte dem Mann zu, schloß auf und öffnete die großen Türen. Er ging hinein und begann, die Esse anzuheizen. Der Wachmann trat ein. Er hielt ein Schwert in der Hand. Als Theros die Waffe betrachtete, sah er gleich die Kerben in der Klinge.

»Yuri!« rief Theros herrisch. »Hierher!«

Der junge Mann steckte im Hinterzimmer, wo er auch

schlief. Mit ängstlichem Gesicht kam er hereingerannt, als würde es brennen oder als hätte er – schlimmer noch – vergessen, etwas zu erledigen. »Was ist denn, Meister? Die Abrechnung stimmt. Ich habe sie heute morgen selbst nachgerechnet! Ich – oh! Hallo, mein Herr.« Yuri lief rot an. Es gehörte zu seinen Aufgaben, sich um die Kunden zu kümmern. »Was können wir heute für Euch tun?«

»Seht Euch diese Klinge an!« sagte der Wachmann verstimmt. »Könnt Ihr das glauben? Nur weil ich sie einem verdammten Zwerg über den Kopf gezogen habe. Sicher, er hatte einen Stahlhelm auf, aber trotzdem! Ich habe für dieses Schwert in Treibgut viel Geld bezahlt. Ich hatte etwas Besseres erwartet. Moorgoth hat mich zu Euch geschickt. Könnt Ihr das reparieren, Meister Eisenfeld?«

Theros lächelte. Also schickte Moorgoth seine Männer hierher. Das war ausgezeichnet! »Natürlich. Legt die Klinge dort auf den Tisch. Ich mache sie Euch bis heute nachmittag fertig.«

»Gut. Moorgoth sagte, Ihr sollt die Rechnung ihm zuschicken.«

Theros nickte. Er würde doppelt soviel verlangen wie gewöhnlich.

Der Wachmann verließ die Schmiede. Yuri nahm das Schwert und legte es auf den Tisch. Theros ging wieder an seine Arbeit. Während er das Feuer schürte, merkte er, daß Yuri seine Zeit damit vertat, das Schwert anzustarren.

»Was in Sargas' Namen machst du da, Junge? Hast du noch nie ein Schwert gesehen?«

»Keins wie dieses, Herr«, sagte Yuri. »Die ganze Klinge ist voller komischer kleiner Kerben.«

»Pah!« Theros schnaubte. »Dann wird es daran liegen. Merk es dir gut. Eine Klinge zu gravieren ist schön und gut, aber wenn man nicht weiß, wie das geht, kann man sie ruinieren. Jetzt sieh zu, daß du an deinen Handschuhen weiterstickst.«

Yuri lief davon, nicht ohne vorher dem Schwert einen letzten Blick zuzuwerfen.

Theros, der nun neugierig geworden war, überließ das Feuer sich selbst und sah sich die Klinge näher an.

Die Zeichen auf der Klinge waren wirklich seltsam, wie Yuri schon bemerkt hatte. Theros hatte solamnische Symbole erwartet, denn die Ritter verzierten ihre Waffen grundsätzlich mit Familienwappen – Rosen, Eisvögeln und allen nur denkbaren Symbolen.

Aber das hier ... Theros drehte die Klinge in diese und jene Richtung und fand schließlich heraus, was die »Kerben« darstellen sollten.

Drachen. Drachen wanden sich daran herauf und herunter. Seltsam aussehende Drachen mit langen, schlangenartigen Körpern ohne Flügel. Und zwischen den Drachen tauchten Buchstaben auf, doch sie gehörten zu keinem Alphabet, das Theros bekannt war. Jedenfalls nicht Elfisch. Auch kein Zwergisch.

Aber immerhin lag er mit seiner Einschätzung wohl richtig. Die Gravur hatte die Schlagkraft der Klinge beeinträchtigt. Er warf die Klinge zum Erhitzen ins Feuer und begann, die richtigen Werkzeuge herauszusuchen und vorzubereiten.

Ein seltsames Zischen ließ ihn aufmerken.

»Yuri, laß dieses dumme Geräusch!« schimpfte Theros.

»Was soll ich lassen, Meister?« Yuri kam mit dem halbfertigen Handschuh aus dem Hinterzimmer. »Ich habe doch gar nichts – Meister! Gütiger Gilean! M-M-Meister! S-s-s-sieh nur!«

Theros drehte sich um. Yuri zeigte stammelnd auf das Feuer in der Esse.

Theros konnte nicht glauben, was er dort sah. Drachen, kleine, rote Drachen, die aus Feuer zu bestehen schienen, krochen von der Schwertklinge, die jetzt in der Hitze des lodernden Feuers rot glühte.

Theros starrte mit offenem Mund hin. Er schloß die Augen, rieb sie sich dann wieder. Die Drachen waren immer noch da, immer mehr von ihnen. Jetzt huschten sie über die weißglühenden Kohlen. Einer der Drachen – ein helles, feuerrotes Tier – sprang aus dem Kohlebett und landete auf einer Holzbank. Der Drache verschwand, verwandelte sich in eine Flamme. Die Bank begann zu schmoren und zu rauchen.

Die Feuergrube war jetzt voller winziger Drachen, und es waren Aberhunderte. Sie hüpften, tanzten, sprangen, und alles, was sie berührten, ging in Flammen auf. Yuri schrie inzwischen aus voller Kehle. Immerhin war er geistesgegenwärtig genug, nach einem Eimer Wasser zu greifen und ihn über der brennenden Bank auszuleeren.

Theros konnte sich nicht rühren. Hexerei! Das war das Werk eines Zauberers. Die Aussicht auf kalten Stahl in seinem Bauch hätte Theros nicht blaß werden lassen. Der Anblick des verzauberten Schwerts machte ihn schwach und ließ ihn zittern wie ein entsetztes Kind.

Die kleinen Feuerdrachen flitzten die Holzbalken hoch, die das Dach stützten. Und alles, was sie berührten, ging in Flammen auf – selbst Metall. Wasser schien die Flammen nur noch weiter zu verteilen; Yuri hätte ebensogut Öl darauf gießen können.

Yuri klammerte sich an Theros und versuchte, ihn aus der Schmiede zu ziehen. Das Gebäude füllte sich rasch mit einem besonders giftigen, erstickenden Rauch.

»Komm schon, Meister! Komm raus! Du kannst nichts tun! Gib auf!«

»Bei Sargas!« brüllte Theros, der wieder zu sich kam. »Niemals!«

Er ergriff ein Stück Leder und begann, damit nach den brennenden Drachen zu schlagen, die über den hartgestampften Boden der Schmiede rannten. Die Drachen sprangen auf das Leder, das so schnell Feuer fing, daß die Hitze der Flammen Theros alle Haare vom Arm sengte. Er ließ das Leder fallen und versuchte, die Flammen auszutreten.

»Nein, Meister, nein!« heulte Yuri.

»Mehr Wasser, du Dummkopf!« Theros stieß den Jungen aus der Schmiede. »Hol mehr Wasser.«

Er stampfte auf die Drachen, und jedesmal, wenn er einen mit dem Fuß erwischte, quiekte dieser leise und wurde kalt und schwarz. Aber inzwischen mußten es Tausende sein. Er konnte unmöglich alle austreten. Der Rauch brachte ihn zum Husten, brannte in seinen Augen. Jetzt hatten auch die Holzbalken der Decke Feuer gefangen. Die Hitze zwang Theros zur offenen Tür zurück.

Doch er kämpfte weiter, bis einer der Drachen sein Bein ansprang. Im Nu hatte er sich durch die lange Lederschürze gebrannt und berührte sein Fleisch. Der Schmerz war kaum auszuhalten, schlimmer als jede andere Verbrennung, die Theros in seinen langen Jahren in der Schmiede erlebt hatte. Es kam ihm so vor, als würde sein Fleisch in Flammen aufgehen. Der Schmerz war so heftig, daß ihm fast schwarz vor Augen wurde.

Er taumelte aus der brennenden Schmiede und brach auf dem Boden zusammen, wo er stöhnend sein Bein umklammerte. Als er aufblickte, sah er, daß viele Leute um seine Schmiede zusammengelaufen waren. Die meisten seiner Nachbarn waren da, dazu viele andere Bewohner von Sanction, angezogen von dem dicken, schwarzen Rauch. Unter ihnen waren auch einige von Moorgoths Männern in ihren rotbraunen Mänteln, einschließlich eines Zauberers in schwarzer Robe. Mit vor der Brust verschränkten Armen und einem feinen Lächeln auf dem Gesicht stand er da.

Niemand versuchte, beim Löschen zu helfen. Keiner griff nach einem Eimer oder rief nach der Stadtwache oder tat sonst etwas, was in solchen Notfällen üblich war. Alle standen schweigend da, betrachteten das Feuer und starrten Theros an.

Yuri kam keuchend mit einem Wassereimer angerannt. Fassungslos starrte er die Schmiede an – sie war in einem Flammenmeer versunken.

»Kümmere dich nicht mehr darum!« schrie Theros. »Gieß das Wasser über mein Bein!« Ob es half oder ob es die Flammen schlimmer machte, war Theros ziemlich egal. Er war halb verrückt vor Schmerz.

Yuri kippte das Wasser über Theros' brennende Kleider. Das Feuer erlosch sofort. Keuchend und schwitzend legte Theros sich wieder hin. Ihm wurde fast übel von den Schmerzen in seinem Bein und dem Gestank seines verkohlten Fleisches.

Der Zauberer in der schwarzen Robe kam zu Theros herüber. Er kniete sich hin, um das verletzte Bein des Schmieds zu untersuchen. Theros knurrte, hatte jedoch zu große Schmerzen, um etwas zu sagen.

»Häßliche Verbrennung«, bemerkte der Zauberer ruhig. »Ich fürchte, sie wird eine böse Narbe hinterlassen. Aber ich habe etwas, das den Schmerz lindern könnte.« Er stellte Theros einen Tiegel Salbe hin. »Oh, keine Sorge, Ihr braucht mich nicht zu bezahlen«, fügte der Zauberer mit verschlagenem Grinsen hinzu. »Die Rechnung geht an Baron Moorgoth.«

Der Zauberer ging davon. Seine schwarze Robe schleifte durch die Asche, die praktisch alles war, das von der Schmiede geblieben war. Selbst der steinerne Schornstein war im magischen Feuer verbrannt.

Einer nach dem anderen verschwanden Theros' Nachbarn und gingen wieder an ihre Arbeit. Die anderen Leute kehrten zurück in die Schenken und Tavernen, da das Spektakel jetzt vorüber war. Moorgoths Männer standen herum und unterhielten sich miteinander.

»Ist das nicht ein merkwürdiger Zufall? Daß die Schmiede auf diese Weise Feuer fängt. Nachdem er das großzügige Angebot des Barons ausgeschlagen hat. So etwas! Ich frage mich, was Meister Eisenfeld jetzt machen wird.«

»Hat sein Werkzeug verloren und alles andere dazu. Weißt du, es ist schon ein merkwürdiger Schicksalsschlag, aber Baron Moorgoth hat reichlich Werkzeug. Stammen noch von dem letzten Schmied, den wir hatten.«

Yuri half Theros auf die Beine. »Meister!« Das Gesicht des Jungen war weiß mit schwarzen Streifen. Seine Augen waren ängstlich aufgerissen. »Meister, sogar die Kassette ist geschmolzen!«

»Das Geld?« Theros kannte die Antwort.

Yuri schüttelte den Kopf. »Weg. Alles weg.«

»Nun, Eisenfeld«, sagte eine Stimme hinter ihm. »Das ist wirklich ein schreckliches Unglück für Euch. Einfach schrecklich.«

Theros drehte sich um. Hinter ihm stand Baron Dargon Moorgoth.

»Was werdet Ihr nun anfangen, Eisenfeld? Oh, ich vermute, Ihr könntet Euer Geschäft wieder neu aufbauen, aber wißt Ihr, ich habe das Gefühl, daß Ihr nicht sehr viele Kunden haben würdet.«

Ein Minotaurus, der sich im wackeren Zweikampf geschlagen hat und besiegt wird, darf sich ohne Schande oder Ehrverlust ergeben. Theros wußte, wann er geschlagen war. Am besten akzeptierte er seine Niederlage und gab auf. Aber mit Würde. Immer mit Würde.

Mühsam stellte sich Theros auf sein verletztes Bein und sah Moorgoth an.

»Braucht Ihr immer noch einen Schmied?«

»Doch, durchaus«, antwortete Moorgoth.

»Dann nehme ich die Aufgabe an«, erklärte Theros kühl. »Ihr zahlt mir das, was Ihr mir gestern abend angeboten habt – tausend Stahlstücke Prämie. Ihr könnt sie mir gleich aushändigen. Ich brauche sie, um zu ersetzen, was ich bei dem Feuer verloren habe.«

»Einverstanden«, meinte Moorgoth lächelnd. »Obwohl ich sagen könnte, daß Ihr nicht in der Position seid, wo Ihr handeln könnt –«

»Das könntet Ihr«, bestätigte Theros. »Und ich könnte sagen, daß Ihr Euch Euren Waffenschmied in Neumeer suchen könnt.« Er nahm die Börse entgegen, die Moorgoth ihm hinstreckte.

Der Baron wollte gehen. Seine Männer reihten sich lachend und plaudernd hinter ihm ein.

Theros erhob die Stimme, um gehört zu werden. »Ich

möchte einen Anteil von jeder Beute, die Eure Armee macht, zusätzlich zu meinem Lohn. Ist das klar, Baron?«

Der Baron drehte sich um und starrte Theros verwundert an. »Was sagtet Ihr da, Eisenfeld? Mir kam es so vor, als hättet Ihr weitere Forderungen gestellt.«

»Das habe ich.« Theros war ruhig. Yuri, der neben ihm stand, zitterte vor Angst und gab Theros Zeichen, still zu sein. Theros achtete nicht auf ihn.

»Ich will einen Anteil an der Beute. Ich bin es wert. Ihr müßt genauso denken. Ihr müßt diesem verfluchten Zauberer für sein heutiges Werk ein kleines Vermögen gezahlt haben.«

»Ich weiß nicht, was Ihr meint«, erwiderte Moorgoth. »Das war ein schreckliches Unglück. Dennoch denke ich, daß ich dem Handel zustimmen kann. Mein früherer Schmied hatte einen Anteil von zwei Prozent. Ihr erhaltet das gleiche. Wenn Ihr länger bleibt als zwei Jahre, werde ich den Anteil erhöhen. Wollt Ihr sonst noch etwas, Eisenfeld?«

»Vorläufig nicht, Baron«, meinte Theros. »Wo soll ich mich melden?«

»Meldet Euch in der Stadtmitte.« Moorgoth betrachtete Theros mit neuem Respekt. »Ich glaube, wir werden gut miteinander auskommen, Eisenfeld. Sehr gut.«

In Begleitung seiner Männer schlenderte er davon. Yuri sah Theros mit großen, runden Augen an.

»Was ist denn?« wollte Theros verärgert wissen. Er bückte sich, um etwas von der Salbe auf seinem Bein zu verstreichen. Tatsächlich ließen die Schmerzen augenblicklich nach. »Hör auf, mich so anzustarren. Du siehst aus wie ein Idiot. Jetzt nimm dir was von dem Geld und kauf dir warme Kleider und eine Decke. Du wirst sie brauchen, wenn wir im Freien –«

»Ich … ich will gar nicht mit!« protestierte Yuri.

»Natürlich kommst du mit. Sei kein Narr. Du wirst gutes Geld verdienen und die Kunst lernen, wie man für ein Schlachtfeld schmiedet.«

»Aber … das ist gefährlich, Meister. Und … und …«

Theros drehte ihm den Rücken zu und betrachtete die Trümmer seiner Schmiede. Vielleicht war noch etwas geblieben, was er bergen konnte. Er achtete nicht auf Yuris Gestammel – bis Theros die Worte hörte: »Ich hasse dich, Theros Eisenfeld!«

Schockiert sah Theros sich um.

Der junge Mann schäumte. Seine Angst hatte ihm Mut gemacht. »Ich bin kein Sklave, so wie du damals! Ich bin ein freier Mann, und ich habe das Recht zu entscheiden, ob ich mit dir gehe oder nicht! Triff keine Entscheidungen für mich. Du behandelst mich wie einen Hund – einen Hund, den du nicht magst. Ich arbeite hart und höre kein Wort darüber, außer wenn ich etwas falsch mache!«

Theros sah den jungen Mann schweigend an. Ein Minotaurus hätte den Burschen auf den Boden geschleudert, um ihn zu lehren, wie man mit Älteren spricht.

Aus Yuri sprudelten Worte hervor, die schon seit Monaten in ihm gebrodelt haben mußten. »Ich kann nicht fassen, daß du diesen schrecklichen Menschen begleiten willst! Seine Armee besteht nur aus Dieben und Halunken! Er hat deine Schmiede niedergebrannt, um Gileans willen! Und du stehst einfach da und nimmst das hin! Jetzt erwartest du, daß ich mitkomme? Nach all dem? Nach dem, was er dir angetan hat? Uns beiden?«

Theros schluckte eine zornige Erwiderung hinunter. Yuri war jung. Man konnte nicht von ihm erwarten, daß er verstand, daß man sich dem Schicksal manchmal ergeben mußte.

»Die Bezahlung ist gut«, erklärte Theros steif. »Mehr, als ich mir leisten kann, um dich zu bezahlen. Und du bist es wert. Ich möchte, daß du mitkommst. Ich brauche deine Hilfe.«

Yuri starrte ihn an wie vom Donner gerührt.

»Nun?« wollte Theros ungeduldig wissen. »Kommst du mit oder nicht?«

Yuri wagte ein zaghaftes Lächeln. »Meinst du das ernst, Theros? Glaubst du, ich bin es wert?«

»Sonst würdest du gar nicht hier herumstehen«, sagte Theros kurz angebunden. »Jetzt tu, was ich dir gesagt habe.«

Yuri nahm das Geld und flitzte die Straße hinunter.

Theros hob einen Stock auf und begann, in der immer noch glühenden Asche von dem, was bisher sein Leben gewesen war, herumzustochern.

Kapitel 17

»Hol eine Kiste für dieses Werkzeug«, befahl Theros Yuri. »Wir müssen es mitnehmen. Und pack die Lederwerkzeuge und die Teile da ein. Alles, was wir nicht mitnehmen, verstaust du sicher in Kisten und nagelst sie zu.«

Theros stand im Geschäft des ehemaligen Waffenschmieds der Armee, wo er Werkzeug und andere Dinge einpackte, die sie brauchen würden.

Yuri tat, wie ihm geheißen wurde. »Herr, ich muß noch mehr Kisten vom Schreiner holen. Wir haben nur noch zwei übrig. Er wird Geld verlangen.«

Theros händigte ihm die erforderliche Summe aus. Er war damit beschäftigt, das Waffenlager im Hinterzimmer durchzugehen und zu entscheiden, welche Waffen sie mitnehmen sollten. Die meisten musterte er mit Abscheu. Kein Wunder, daß Moorgoth sich die Mühe gemacht hatte, Theros' Schmiede niederzubrennen. Der Baron brauchte dringend einen guten Waffenschmied. Theros fühlte sich fast geschmeichelt. Fast.

Eine Stunde später kam Yuri mit zwei Männern aus der Schreinerei zurück, die jeder eine Kiste trugen. Sie setzten die Kisten in der Mitte der Schmiede ab. Yuri hatte gerade angefangen, Werkzeug in die erste Kiste zu packen, als Baron Moorgoth das Geschäft betrat.

»Gut! Ich sehe, Ihr seid fast fertig. In zwei Stunden schicke ich Pferd und Wagen vorbei.«

Theros machte ein besorgtes Gesicht. »Yuri! Beeil dich mit den Waffen!« Er sah den Baron an. »Wo lagert die Armee? Vor der Stadt? Wie viele Männer habt Ihr?«

Zu Theros' Erstaunen lief Moorgoth vor Ärger rot an.

»Ihr stellt verdammt viele Fragen, Eisenfeld. Von jetzt an seid Ihr einfach nur ein Offizier unter meinem Kommando. Ihr geht dorthin, wohin ich Euch schicke, und tut, was ich Euch befehle. Ihr werdet erfahren, wohin Ihr geht, sobald Ihr Euch mit Euren Wagen meldet.«

Moorgoth verschwand mit den Worten, daß er den neuen Offizier für die Logistik treffen müsse.

Theros starrte dem Mann nach. Er hatte nur eine einfache Frage gestellt. Es war doch logisch, daß der Waffenschmied wissen mußte, wie viele Männer zu der Armee gehörten, für deren Ausrüstung er verantwortlich war. Und warum sollte er nicht wissen, wo das Lager der Armee war? Schließlich ging er wieder an seine Arbeit.

Yuri packte die Kiste mit dem Werkzeug und den Ersatzwaffen fertig. Die Kisten waren schwer, aber sie würden nicht getragen, sondern auf einen Karren verladen werden, so daß das Gewicht keine Rolle spielte.

»Was soll ich jetzt machen, Theros?« wollte Yuri wissen.

Theros gab es nicht zu, aber es gefiel ihm, einen neuen, respektvolleren Unterton in der Stimme des Jungen zu hören.

Die Wagen trafen exakt zu der Zeit ein, die Moorgoth genannt hatte. Theros war bereit. Zusammen mit Yuri und dem Wagenlenker hievte er zwei der Kisten auf den Wagen. Zwei weitere schleppten Theros und Yuri in den rückwärtigen Teil der Schmiede, wo sie sicher aufbewahrt sein würden. Dann kam die schwere Arbeit – Zeit, den Amboß zu bewegen.

Yuri und der Fahrer starrten den Amboß einfach nur an. Keiner von beiden konnte das schwere Ding auch nur verschieben.

Theros winkte sie beiseite. Er zog den Amboß von seinem Platz in der verlassenen Schmiede zum hinteren Teil des Wagens. Dort ruhte Theros erst einmal aus. Dann spannte er seine Muskeln an und ging leicht in die Hocke. Ächzend vor Anstrengung hob er den Amboß an und setzte ihn schwitzend und vorsichtig auf die Ladefläche, direkt über die Achse.

Der Fahrer teilte ihnen mit, daß sie den Rest der Truppe in der Nähe der Stadtmitte finden würden. Yuri hob die kleine Tasche mit seinem persönlichen Besitz auf den Wagen. Theros warf sich seinen etwas größeren Sack über die Schulter. Nachdem er sich vom Schock wegen des Verlusts seiner Schmiede erholt hatte, stellte Theros fest, daß er sich auf dieses neue Abenteuer schon beinahe freute. Innerlich vernahm er schon den Ruf der Trompete. Er kletterte auf den Wagen.

»Losfahren«, befahl er.

In einer Nebenstraße, die von der Plaza abging, waren vier weitere Wagen versammelt. Theros' Wagen reihte sich hinter ihnen ein. Der Baron stand bereit, um alle einander vorzustellen.

»Cheldon Sarger, unser Quartiermeister«, sagte der Baron.

Cheldon Sarger war ein Mann mittleren Alters mit einem Gesicht, das aussah, als wäre er in sein eigenes Bratfett gefallen. Er war füllig, ähnlich wie Theros, aber Cheldons Umfang beruhte nicht auf Muskeln, sondern auf Fett. Cheldons Aufgabe war die Versorgung der Armee. Er sorgte dafür, daß Lebensmittel, Kleider, Uniformen, Waffen und Rüstungen vorrätig waren. Die Waffen und Rüstungen würde Theros liefern, den Rest mußte Cheldon vor Ort besorgen, und zwar durch Tauschhandel, Kauf oder, wie Cheldon augenzwinkernd sagte, durch Stehlen.

Theros glaubte, der Mann würde scherzen.

Belhesser Vankjad war der neue Offizier der Logistik, der für Cheldon und Theros verantwortlich war. Er war ein großer, dünner Mann, dessen spitzes Gesicht dem eines Frettchens ähnelte. Belhesser sah aus wie ein Halbelf, beharrte jedoch stets vehement darauf, daß er kein solcher war. Bisher hatte er bei der Hafenbehörde gearbeitet. Er hatte zwei Aufgaben: Zum einen besorgte er Vorräte, sorgte für die Instandhaltung von Waffen und Rüstungen und kaufte neues Material. Zum anderen war er wie Huluk für eine Abteilung Soldaten verantwortlich, welche den Bereich der Nachhut gegen einen etwaigen Überfall verteidigen sollten. Darüber hinaus war er für den Transport zuständig – für die Wagen und Pferde, die die Armee in Gang halten würden.

Der letzte Mann, den Moorgoth vorstellte, trug den Namen Uwel Lors. Und während Belhesser einem Halbelfen ähnelte, glich Uwel einem Halbgoblin. Theros hätte sich nie vorstellen können, daß jemand so häßlich sein konnte. Uwel war schon älter, Ende vierzig, und sah genauso hart aus wie die Stahlkettenrüstung, die er trug. Dennoch machte er einen freundlichen Eindruck. Er salutierte zackig und schüttelte Theros dann die Hand.

»Guten Tag, Herr. Was für eine Freude, daß wir einen neuen Schmied dabeihaben, Herr.« Uwel hatte eine merkwürdig abgehackte Art zu sprechen. »Ich bin für Bekleidung, Drill, innere Führung, vor allem aber für die Disziplin in den Reihen dieser Armee verantwortlich. Ich bin kein Offizier wie Ihr anderen Herren, aber ich bin ein erfahrenes, angesehenes Mitglied der Armee. Wenn Ihr ein Disziplinproblem habt, dann kommt zu mir.

Soweit ich gehört habe, Herr, habt Ihr in minotaurischen Armeen gekämpft, aber noch nie in einer Menschenarmee. Ist das richtig?«

Theros nickte stirnrunzelnd. Er war verstimmt, denn er glaubte, daß Uwels Bemerkung beleidigend gemeint war.

»Keine Sorge, Sir!« erklärte Uwel schnell. »Wir werden etwas anders geführt, und mit erheblich mehr Disziplin als bei diesen riesigen Ungeheuern. Trotzdem erledigen wir die Sache.«

Uwel salutierte und ging zurück zur Spitze des Zuges, wo er mit den Fahrern verhandelte.

Baron Moorgoth schlug Theros auf den Rücken. Was immer den Baron hinten in der Schmiede auch verärgert haben mochte, unter seinen Männern schien er seine gute Laune wiedergefunden zu haben. »Die Höflichkeiten sind erledigt. Auf die Straße mit uns!«

Der Kommandant der Armee bellte Uwel einen Befehl zu, und die Fahrer bestiegen ihre Wagen. Uwel rief »Vorwärts!«, mit einer Stimme, die durch die ganze Stadt zu schallen schien, und der erste Wagen setzte sich träge in Bewegung.

Außer den Fahrern mit ihrer Ladung gingen alle zu Fuß. Einschließlich des Armeekommandanten und Theros gab es vier Offiziere, dazu – neben den Fahrern – zwanzig andere Männer.

Der Wagenzug umrundete eine Ecke und rollte an der »Rülpsenden Furie« vorbei. Bei diesem Anblick strömten die Dienstmägde aus der Taverne auf die Straße. Es kam zu scherzhaftem Geplänkel mit den vorbeiziehenden Männern.

Theros sah sich nach Marissa um. Aus dem Inneren des Gasthauses heraus bemerkte sie ihn und winkte. Dann rannte sie plötzlich zu den Männern heraus. Alle versuchten, sie festzuhalten, einschließlich Baron Moorgoths, der offenbar glaubte, sie würde auf ihn zulaufen. Doch sie wich allen aus und hielt gezielt auf Theros zu. Nachdem sie die Arme um ihn geschlungen hatte, gab sie ihm einen langen, warmen Kuß.

»Ich habe gehört, was mit deiner Schmiede passiert ist. Keine Sorge. Mit dem Baron wirst du dein Glück machen. Wenn du wiederkommst, dann frag nach mir!« sagte Marissa und rannte lachend ins Wirtshaus zurück.

Die Männer johlten. Theros fühlte, wie sein Gesicht glühte, doch es glühte vor Freude. Der Baron, der sich umschaute, war sichtlich mißgelaunt. Er winkte Uwel Lors zu sich heran und sagte etwas zu dem Halbgoblin. Uwel nickte und scherte aus der Reihe der rollenden Wagen aus. Theros, der immer noch Marissas Kuß auf den Lippen fühlte, achtete nicht darauf.

Der Wagentreck rollte weiter durch die Stadt in Richtung Norden.

Theros konnte nur noch an Marissa denken. »Wie kommt es

nur«, fragte er sich, »daß mir die guten Dinge immer erst dann begegnen, wenn ich sie zurücklassen muß?«

Die Männer mit den Wagen folgten der Straße, die sie über den nördlichen Paß durch die Wächterberge und dann durch das Khalkistgebirge in eine Stadt namens Neraka führen würde. Theros hatte noch nie von ihr gehört.

Die Wagen brauchten für die Überquerung der Berge vier Tage. Als sie Neraka erreichten, fand Theros, daß die Stadt so gewöhnlich aussah wie jede andere Stadt. Sie hatte Steinhäuser und Marktstände und mehr Leute, als sie eigentlich brauchte. Aber schon nach kurzem Aufenthalt in der Stadt stellte er fest, daß er unrecht hatte. In Neraka herrschte eine unheimliche Atmosphäre. Er hatte das Gefühl, beobachtet zu werden, eine innere Kälte, die er nicht erklären konnte.

Kurz nach ihrer Ankunft wanderte er mit Yuri durch die Straßen. Theros drehte sich immer wieder um, weil er glaubte, daß jemand ihnen folgte. Jedesmal, wenn er sich umdrehte, war niemand da. Dennoch fühlte er, wie sich seine Nackenhaare sträubten.

Yuri spürte offensichtlich etwas Ähnliches. Bei jedem Geräusch zuckte er zusammen und wich Theros nicht von der Seite.

»Ich habe gehört, es gibt hier einen Tempel des Bösen. Glaubst du, das stimmt?« fragte Yuri flüsternd.

Theros lachte, doch sein Lachen klang hohl. »Wie kann das wahr sein? Hast du nicht die Geschichten der Sucher gehört? Sie sagen, es gäbe keine Götter. Ich weiß natürlich, daß sie unrecht haben, aber es gibt in Neraka keinen Tempel für Sargas.«

Yuri war nicht überzeugt. »Wenn es böse Götter gäbe, dann wären sie hier«, meinte er leise.

Theros wollte es nicht zugeben, doch er wußte, wie der Junge sich fühlte. Hier geschah etwas Schreckliches, obwohl niemand laut darüber redete. Er erkannte es in den kalten, gleichgültigen Blicken der Leute, an denen sie vorbeikamen, hörte es in den

Stimmen, die verstummten, sobald jemand in Hörweite kam, sah es in den Gesichtern, die in die Schatten zurückwichen.

Den anderen Männern schien es ähnlich zu ergehen, mit Ausnahme von Uwel und Baron Moorgoth. Besonders der Baron war nicht im geringsten beunruhigt, sondern schien sich in dieser Gegend richtig zu Hause zu fühlen. Er befahl, für die Nacht am Nordrand der Stadt haltzumachen.

An diesem Abend berief der Baron eine Versammlung ein.

»Ich weiß, ihr alle fragt euch, wo wir hinziehen. Aus Sicherheitsgründen habe ich es keinem von euch verraten. Nicht weil ich euch nicht traue, sondern weil Betrunkene die Wahrheit sprechen, wie man so sagt. Die Armee hat Kasernen in Gargath, fünfzig Meilen nordwestlich von hier. Wir werden uns ihr anschließen und uns auf den Marsch nach Norden vorbereiten. Die Zeit für den Feldzug ist noch nicht gekommen.«

»Norden? Wie weit nach Norden?« fragte jemand.

»Wir ziehen rund hundert Meilen über Gargath hinaus nach Norden. Dort liegen ein paar Orte, die sich störrisch weigern, uns dafür zu bezahlen, daß wir sie vor Räubern beschützen.« Moorgoth lachte wie über einen gelungenen Witz. »Ich habe Gründe zu der Annahme, daß wir dort reiche Beute finden und ein sehr gutes Jahr haben werden.«

Nachdem sie den Plan erfahren hatten, tranken alle auf den Erfolg der Armee.

Am nächsten Morgen verließen sie Neraka und folgten dem Weg nach Gargath. Die folgenden zwei Tage verbrachten sie in den Bergen. Am Anfang des dritten Tages hatten sie den Busuk hinter sich und zogen in ein weitläufiges Tal ein, das sich vor ihnen öffnete. Gegen Mittag des vierten Tages betraten sie Gargath.

Beim ersten Blick auf die Stadt schlugen die Herzen aller Soldaten höher. Es war eine weite Reise gewesen. Eine zwanzigköpfige Gruppe Berittener mit Langspeeren und Kettenrüstungen ritt ihnen entgegen.

Ihr Anführer salutierte vor dem Baron. »Seid gegrüßt, Herr.

Wir sind froh, Euch wiederzuhaben. Ich sehe, Eure Reise nach Sanction war ein Erfolg!«

»Ja, allerdings. Sagt Kommandant Roshenka, er soll sich bereithalten, um unsere neuen Offiziere und Männer zu begrüßen. Er soll für heute abend ein besonderes Mahl zubereiten lassen. Ich möchte unsere neuen Krieger dem Rest der Armee vorstellen.«

Der junge Offizier salutierte und galoppierte zur Stadt zurück. Der Rest der Truppe blieb bei dem Wagenzug. Eine halbe Stunde später durchschritten sie die Tore von Gargath.

Theros staunte. Die gesamte Stadt sah aus, als wäre sie einzig dazu da, die Armee zu versorgen und zu beherbergen. Die Straßen waren von Soldaten mitsamt deren Frauen und Kindern angefüllt, die alle zusammengeströmt waren, um ihrem Kommandanten zuzujubeln und ihn willkommen zu heißen. Die Hauptstraße war von Ställen und Kasernen gesäumt. In der Mitte der Stadt lag ein freier Platz, dem gegenüber sich das Hauptquartier der Armee befand.

Moorgoth rief seine neuen Offiziere zusammen. »Hier, meine Herren, werdet Ihr untergebracht.«

Er zeigte auf das Gebäude des Hauptquartiers. Uwel Lors nahm Yuri und die anderen Männer beiseite und führte sie zu ihrer Unterkunft. Sie schlugen ein scharfes Tempo an. Uwel schrie unterwegs Kommandos. Theros beobachtete Yuri etwas besorgt. Der junge Mann war kein großer Marschierer.

Tatsächlich stolperte Yuri und hätte beinahe den Mann vor sich umgestoßen.

Schneller, als ein Auge erfassen konnte, hatte Uwel mit der Peitsche ausgeholt, die er an seinem Gürtel trug. Die Spitze traf Yuris Rückseite. Yuri schrie auf und taumelte aus der Reihe. Uwel fing ihn auf und stieß ihn zurück.

»Paß auf, was du tust, du Traumtänzer!« befahl Uwel.

Yuri verbiß sich die Tränen. Theros sah Blut auf dem Rücken des jungen Mannes. Fast hätte er etwas gesagt, doch er hielt sich zurück, weil ihm die Schläge einfielen, die er von den Minotauren erhalten hatte. Er hatte es überlebt. Ein wenig Disziplin hatte noch keinem geschadet.

Die Fahrer lenkten ihre Wagen über den Platz und verließen ihn auf der anderen Seite wieder. Sie hielten auf den Versammlungsplatz der Armee zu, wo die Wagen bis morgen stehenbleiben würden.

Theros und die anderen Offiziere hoben ihre Sachen auf und überquerten den Platz zum Hauptquartier. Sie traten durch die Vordertür ein. Zwei Wachen salutierten.

Ein dritter Soldat erhob sich zu ihrer Begrüßung hinter seinem Schreibtisch. »Guten Tag, die Herren! Ich bin Korporal Vincens, Ordonnanzoffizier im Hauptquartier. Wenn ich zu Diensten sein kann, findet Ihr mich an diesem Tisch. Aber jetzt will ich Euch in Eure Räume bringen.«

Der Korporal führte Theros zwei Treppen hinauf und betrat einen langen Gang. An der dritten Tür hielt er an. Korporal Vincens machte die Tür auf. »Hauptmann Eisenfeld, dies ist Euer Raum. Ihr werdet bei Sonnenuntergang zum Essen der Offiziere erwartet. Ich werde Euch dorthin führen.«

Theros betrat sein neues Zimmer. Die anderen gingen weiter den Gang hinunter.

Das Zimmer war geräumig. Am Fenster stand ein einzelnes Bett. Die Luft hier in Gargath war sauber und angenehm zu atmen, was nach Sanction eine willkommene Abwechslung war. Theros machte die Fenster auf, um Licht und Luft hereinzulassen.

Die Anwesenheit der Armee hatte deutlich sichtbare Auswirkungen. Überall standen Soldatengruppen herum. Dem Hauptquartier gegenüber, auf der anderen Seite des Platzes, waren die Geschäfte und Marktstände voller Menschen. Es mußte Markttag sein.

Ein Klopfen an der Tür riß ihn aus seinen Gedanken. Die Sonne ging schon unter, die Luft wurde kühl.

»Zeit zum Essen, Sir.«

Bevor die Sonne ganz untergegangen war, hatten sich alle

Offiziere im Foyer des Gebäudes versammelt. Die neuen Offiziere waren leicht zu erkennen, denn sie trugen nicht die kastanienfarbene Uniform, das Kennzeichen von Moorgoths Armee. Alle anderen Offiziere trugen schwarze Hosen, die in schwarzen Stiefeln steckten. Die weißen Hemden mit schwarzem Lederwams waren von rotbraunen Übermänteln bedeckt, die das Wappen der Armee trugen. Alle Offiziere hatten Schwerter an der Seite hängen.

Theros schüttelte vielen die Hand, stellte sich vor, hörte Namen und verschaffte sich einen Eindruck. Gerade als die Sonne hinter dem Dach des fernen Hauses auf der Westseite des Platzes verschwand, betrat Baron Moorgoth den Raum.

»Meine Herren! Ich sehe, Ihr alle habt unsere neuen Offiziere bereits kennengelernt. Ausgezeichnet! Laßt uns zum Essen gehen.«

Die Schar der zwanzig Offiziere folgte ihrem Kommandanten den Gang entlang zum Eßplatz. Die Tische waren in einer langen Reihe aufgestellt, so daß die Männer auf beiden Seiten sitzen und essen konnten.

Als sie ankamen, bemerkte Theros, daß am Kopf der Tafel bereits eine Frau in einem feinen Kleid saß. Sobald alle Offiziere rund um den Tisch Platz genommen hatten, setzte sich Moorgoth neben die Frau.

»Meine Herren, denjenigen, die hier neu sind, möchte ich meine Frau vorstellen, Charina Moorgoth.« Die Dame erhob sich, verneigte sich und nahm wieder Platz.

»Ihr Wort gilt ebensoviel wie meines. Ihre Wünsche entsprechen meinen Befehlen.«

Moorgoth setzte sich und klatschte zweimal in die Hände. Eine Reihe Soldaten mit dicken Weinflaschen, riesigen Fleischtellern, Schalen voll Obst und Gemüse und Körben voller Brot betrat den Raum.

Der Offizier rechts von Theros stellte sich als Wirjen Jamaar vor, Kommandant der Kavallerie. »Und, Theros, was haltet Ihr von unserer kleinen Armee hier in Gargath?«

Theros zeigte sich beeindruckt. »Ich freue mich darauf, mein Geschäft aufzubauen und an die Arbeit zu gehen. Ich bin am glücklichsten, wenn ich Metall zu einer Rüstung oder einer Waffe zurechthämmern kann.«

Der Kavallerieoffizier, ein hochgewachsener Mann mit breiten Schultern, lachte laut auf. Er hob seinen Weinkelch und stieß mit Theros an. »Gut für Euch, Eisenfeld! Ich bin froh, einen Offizier zu haben, der seine Arbeit gerne tut. Sagt mal, habt Ihr je Pferderüstungen gefertigt?«

Theros war befremdet. »Ihr meint Rüstungen für Pferde – oder für Berittene?«

»Ach, Ihr bringt mich zum Lachen, Eisenfeld. Das gefällt mir. Ich rede natürlich davon, die Pferde selbst zu schützen. Habt Ihr so etwas schon einmal gemacht?«

Theros schüttelte verneinend den Kopf.

Wirjen knallte stirnrunzelnd sein Glas auf den Tisch. »Verdammt nochmal! Ich dachte, Baron Moorgoth hätte gesagt, er hätte einen erstklassigen Schmied angeworben. Wie zur Hölle sollt Ihr mir helfen, wenn Ihr keine Rüstungen für meine Pferde machen könnt? Das ist unverzichtbar –«

Ein Offizier von der anderen Seite des Tisches unterbrach ihn. »Eisenfeld, achtet nicht auf Jamaar. Er denkt nur an seine Pferde. Er hat nicht zufällig erwähnt, daß wir hier noch nie Pferderüstungen hatten, oder?«

Theros wußte nicht recht, was er sagen sollte, deshalb hielt er den Mund. Der andere Offizier fuhr fort: »Ich befehle das erste Bataillon der Infanterie. Wir haben uns bereits im Foyer kennengelernt. Mein Name ist Gentry Hawkin. Wir warten schon auf einen Schmied, der weiß, wie man Waffen in Schuß hält. Auf so einen wie den letzten kann ich verzichten. Ob man eines seiner Schwerter in der Hand hielt oder einen Stock, war ganz egal. Man wußte, das Ding würde brechen. Es war nur eine Frage der Zeit. Kommt morgen in mein Quartier, dann zeige ich Euch, was ich damit meine. Für den Feldzug brauchen wir etwas Besseres.«

Die Unterhaltung brach abrupt ab, denn der Baron stand auf. »Meine Herren, es ist gut, neue Offiziere unter uns zu haben. Sie werden eine Weile brauchen, bis sie sich daran gewöhnt haben, wie wir hier vorgehen. Deshalb bitte ich um Geduld, bis sie unsere Methoden gelernt haben. Nun, ich weiß, Ihr alle habt Euch gefragt, wohin wir ziehen.«

Die älteren Offiziere murmelten zustimmend. Offenbar hatten sie noch nicht erfahren, wohin der diesjährige Feldzug sie führen würde und wann es losgehen sollte.

»Wir ziehen nach Norden, in die Gegend von Nordmaar, wo wir Widerstand brechen müssen. Soweit ich weiß, gibt es dort immer noch Schlupfwinkel der Ritter von Solamnia, und wir alle kennen die Schätze, die sie in ihren Schlössern horten. Wir werden sie herausfordern!«

Die Offiziere standen jubelnd auf.

Spät in der Nacht, nach viel Wein und vielen, vielen Kriegsgeschichten, taumelte Theros die Treppen zu seinem Zimmer hoch.

Er war wieder Mitglied einer Armee, als Offizier und Schmied. Er konnte es kaum glauben. Und sie würden gegen Ritter kämpfen. Ritter von Solamnia.

Hran würde stolz auf ihn sein.

Theros bekam nicht heraus, wie der Verschluß an seinem Wams zu öffnen war. Es spielte auch keine Rolle. Er schlief tief und fest, noch ehe sein weinumnebelter Verstand Zeit hatte, darüber nachzudenken.